J.K. ROWLING

PHANTASTISCHE TIERWESEN

UND WO SIE ZU FINDEN SIND

DAS ORIGINALDREHBUCH

COVER- UND BUCHGESTALTUNG
VON
MINALIMA

CARLSEN

First published in print in Great Britain in 2016 by Little, Brown
Originaltitel: »Fantastic Beasts and Where to Find Them. The Original Screenplay«

Umschlaggestaltung: formlabor nach dem Layout von MinaLima © J.K. Rowling
Aus dem Englischen von Anja Hansen-Schmidt
Übersetzung der Dialoge: Tobias Neumann
Lektorat: Ulrike Schuldes
Satz: Dörlemann Satz, Lemförde
ISBN 978-3-551-31772-8

MIX
Papier aus verantwortungsvollen Quellen
FSC® C083411

PHANTASTISCHE TIERWESEN

UND WO SIE ZU FINDEN SIND

DAS ORIGINALDREHBUCH

WIZARDING WORLD

Zur Erinnerung an Gordon Murray,
einen Tierwesen-Heiler und Helden
im wirklichen Leben.

INHALT

1. SZENE
AUSS. IRGENDWO IN EUROPA – 1926 – NACHT

Ein einsames, baufälliges französisches Schloss taucht aus der Dunkelheit auf. Unser Blick fällt auf den gepflasterten Platz vor dem Gebäude, der in Nebel gehüllt ist, gespenstisch, still.

Fünf Auroren stehen mit erhobenen Zauberstäben da und rücken zögernd gegen das Schloss vor. Eine plötzliche Explosion grellen, weißen Lichts lässt sie durch die Luft fliegen.

Wir fahren herum und sehen ihre reglosen Körper verstreut vor dem Eingang eines riesigen Parks liegen. Eine Gestalt (GRINDELWALD) *kommt ins Bild, mit dem Rücken zur Kamera. Er beachtet die Körper nicht, sondern starrt zum Nachthimmel empor. Unser Blick schwenkt zum Mond hinauf.*

MONTAGE: Wir sehen verschiedene Überschriften in Zauberer-Zeitungen aus dem Jahr 1926, die über GRINDELWALDS *Angriffe in der ganzen Welt berichten: »GELLERT GRINDELWALD – DUNKLER ZAUBERER SCHLÄGT ERNEUT IN EUROPA ZU«, »HOGWARTS-SCHULE ERHÖHT SICHERHEIT«, »WO IST GRINDELWALD?«*

Er stellt eine ernste Bedrohung der Zauberergemeinschaft dar und er ist verschwunden. Fotos, deren Motive sich bewegen, zeigen zerstörte Gebäude, Feuersbrünste, schreiende Opfer. Die Artikel kommen Schlag auf Schlag – die weltweite Jagd nach GRINDELWALD *geht weiter. Ein letzter Artikel erscheint, der die Freiheitsstatue zeigt.*

ÜBERGANG ZU:

2. SZENE
AUSS. SCHIFF FÄHRT IN DEN HAFEN VON NEW YORK – AM NÄCHSTEN MORGEN

Es ist ein heller, klarer Tag in New York. Möwen kreisen am Himmel.

Ein großes Passagierschiff gleitet an der Freiheitsstatue vorbei. Passagiere beugen sich über die Reling und schauen aufgeregt auf das näher kommende Festland.

KAMERAFAHRT auf eine Gestalt, die mit dem Rücken zu uns auf einer Bank sitzt – es ist NEWT SCAMANDER, *wettergegerbt, drahtig, mit einem alten blauen Mantel bekleidet. Neben ihm steht ein abgenutzter brauner Lederkoffer. Eine Schnalle des Koffers klappt von selbst auf.* NEWT *bückt sich rasch und schließt sie wieder. Er hebt den Koffer auf seinen Schoß, beugt sich vor und flüstert.*

NEWT
Dougal, jetzt beruhig dich bitte wieder. Wir sind bald da.

3. SZENE
AUSS. NEW YORK – TAG

EXTREME TOTALE von New York

4. SZENE
AUSS. SCHIFF / INN. ZOLLBEHÖRDE – KURZ DARAUF – TAG

Inmitten einer lebhaften Menge geht NEWT *die Landungsbrücke hinunter. Wir schauen auf seinen Koffer.*

ZOLLBEAMTER *(O.S.)*
Der Nächste.

NEWT *steht vor der Zollabfertigung in der Schiffswerft, einer langen Reihe von Tischen mit ernst blickenden amerikanischen Beamten dahinter. Ein* ZOLLBEAMTER *mustert* NEWTS *zerfledderten britischen Pass.*

ZOLLBEAMTER

Brite, heh?

NEWT

Ja.

ZOLLBEAMTER

Zum ersten Mal in New York?

NEWT

Ja.

ZOLLBEAMTER

(deutet auf NEWTS *Koffer)*

Sind da Lebensmittel drin?

NEWT

(legt die Hand auf seine Brusttasche)

Nein.

ZOLLBEAMTER

Lebende Tiere?

Die Schnalle an NEWTS *Koffer geht wieder auf.* NEWT *schaut hinunter und schließt sie hastig.*

NEWT
Das muss ich reparieren lassen –
ähm, nein.

ZOLLBEAMTER
(misstrauisch)
Zeigen Sie mal her.

NEWT *stellt den Koffer auf den Tisch zwischen ihnen und dreht diskret einen Messingring auf »Muggelgerecht«.*

Der ZOLLBEAMTE *zieht den Koffer zu sich her, öffnet die Schnallen, klappt den Deckel auf und sieht Schlafanzüge, mehrere Landkarten, ein Tagebuch, einen Wecker, ein Vergrößerungsglas und einen Hufflepuff-Schal. Beruhigt schließt er den Koffer wieder.*

ZOLLBEAMTER
Willkommen in New York.

NEWT
Vielen Dank.

NEWT *nimmt seinen Pass und seinen Koffer.*

ZOLLBEAMTER
Der Nächste!

NEWT *geht durch die Zollabfertigung davon.*

5. SZENE
AUSS. STRASSE NAHE DER U-BAHN-STATION CITY HALL – ABEND

Eine lange Straße mit identischen Backsteingebäuden, eines davon ist völlig zerstört. Eine Schar Reporter und Fotografen läuft ziellos herum, in der vagen Hoffnung, dass etwas passiert, aber ohne rechten Eifer. Ein REPORTER *befragt einen aufgebrachten Mann mittleren Alters, während er mit ihm über den Schutt steigt.*

ZEUGE
Und es war wie ein … wie ein *Wind* oder wie ein … wie ein *Geist*, aber dunkel. Und ich habe seine Augen gesehen, leuchtende weiße Augen –

REPORTER
(unbeeindruckt, ein Notizbuch in der Hand)
Ein dunkler Wind, mit Augen …

ZEUGE
Es war wie eine dunkle *Masse*, und da ist es abgetaucht … einfach unter die Erde.

ZEUGE *(O.S.)*
Irgendjemand muss etwas dagegen unternehmen. Es ist überall, dieses Ding. Es gerät außer Kontrolle.

NAHAUFNAHME von PERCIVAL GRAVES, *der auf das zerstörte Haus zugeht.*

GRAVES: *elegante Kleidung, gut aussehend, mittleren Alters. Sein Auftreten ist anders als das der Leute um ihn herum. Er ist wachsam, extrem beherrscht und strahlt großes Selbstvertrauen aus.*

FOTOGRAF
(leise)
Und – hast du irgendwas?

REPORTER
(leise)
Ein dunkler Wind, bla, bla.

FOTOGRAF
Irgend'n atmosphärischer Firlefanz
oder was Elektrisches.

GRAVES *steigt die Treppen des eingestürzten Gebäudes hoch. Aufmerksam betrachtet er die Zerstörung.*

REPORTER
Wie wär's mit 'nem Gläschen?

FOTOGRAF
Nein, ich trinke nicht mehr. Ich hab
Martha versprochen aufzuhören. –
Das ist was Atmosphärisches.

Der Wind wird stärker und wirbelt um das Gebäude herum, begleitet von einem schrillen Kreischen. Nur GRAVES *wirkt interessiert.*

Unten auf der Straße ist plötzlich eine Reihe lauter Schläge zu hören. Alle drehen sich um und suchen nach dem Ursprung des Geräusches: In einer Wand breitet sich ein großer Riss aus, die Trümmerhaufen am Boden erzittern, bis sie wie bei einem Erdbeben explodieren, und die Erde reißt auf, erst im Haus, dann die gesamte Straße entlang. Das Ganze wirkt brachial, ungestüm – Menschen und Autos fliegen durch die Luft.

Die geheimnisvolle Macht fliegt hoch in den Himmel hinauf und schießt dann durch die Stadt, wirbelt kreuz und quer durch Gassen und Straßen, bevor sie in eine U-Bahn-Station hinabfährt.

NAHAUFNAHME von GRAVES, *der die zerstörte Straße betrachtet.*

Eine Mischung aus Brüllen und Heulen dringt aus den Eingeweiden der Erde.

6. SZENE
AUSS. STRASSE IN NEW YORK – TAG

Wir beobachten NEWT, *der durch die Straßen läuft. Er hat einen ganz anderen Rhythmus als die Menschen um ihn herum, eine unbefangene, keatoneske Art. Er hält einen Zettel mit einer Wegbeschreibung in der Hand, zeigt aber eine wissenschaftliche Neugier auf diese fremde Umgebung.*

7. SZENE
AUSS. EINE ANDERE STRASSE, TREPPE VOR EINEM BANKGEBÄUDE DER STADT – TAG

NEWT *wird von lautem Rufen angelockt und nähert sich einer Kundgebung der Bewahrenden Gesellschaft des Neuen Salem.*

MARY LOU BAREBONE, *eine hübsche Frau, die an die frühen Pionierinnen erinnert, charismatisch und ernst und in puritanischer Kleidung der Zwanzigerjahre, steht auf einem kleinen Podest vor der Treppe der Bank. Hinter ihr steht ein Mann und hält ein Banner mit dem Zeichen ihrer Vereinigung in die Höhe: Hände, die inmitten grellgelber und roter Flammen stolz einen zerbrochenen Zauberstab halten.*

MARY LOU
(zu der versammelten Menge)
… diese großartige Stadt erstrahlt im Glanz der Juwelen menschlicher Erfindungen! Lichtspieltheater, Automobile, das Radio, elektrisches Licht – all das überwältigt und verzaubert uns!

NEWT *geht langsamer und beobachtet* MARY LOU, *als wäre sie eine fremde Spezies: ohne zu urteilen, hochinteressiert.* TINA GOLDSTEIN *steht in der Menge, den Hut tief ins Gesicht gezogen, den Kragen hochgeschlagen. Sie isst einen Hotdog, ihre Oberlippe ist mit Senf verschmiert.* NEWT *stößt versehentlich mit ihr zusammen, als er sich zwischen den Zuhörern nach vorn schiebt.*

NEWT
Ich bitte um Verzeihung.

MARY LOU
Doch wie heißt es? »Wo Licht ist, ist auch Schatten«, Freunde. Irgendetwas sucht unsere Stadt heim. Es verbreitet Zerstörung und ist dann ohne jede Spur wieder verschwunden …

JACOB KOWALSKI *geht nervös die Straße entlang und auf die Menge zu, er trägt einen schlecht sitzenden Anzug und hält einen abgenutzten braunen Lederkoffer in der Hand.*

MARY LOU *(O.S.)*
Hören Sie mich an! Wir müssen kämpfen. Schließen Sie sich den Zweiten Salemern an und kämpfen Sie mit uns!

JACOB *drängt sich durch die versammelte Menge und schiebt sich ebenfalls an* TINA *vorbei.*

JACOB
Entschuldigung, schönes Fräulein, ich möchte gerne zur Bank. Entschuldigen Sie …

JACOB *stolpert über* NEWTS *Koffer und fällt zu Boden.* NEWT *zieht ihn wieder hoch.*

NEWT
Bitte, verzeihen Sie … mein Koffer …

JACOB
Ist ja nichts passiert.

JACOB *kämpft sich weiter durch, an* MARY LOU *vorbei, und steigt die Stufen hoch zur Bank.*

JACOB

Entschuldigung!

Das kurze Durcheinander um NEWT *herum erregt* MARY LOUS *Aufmerksamkeit.*

MARY LOU

(charmant, zu NEWT*)*

Sie, Freund! Was hat Sie heute zu uns geführt?

Verblüfft findet sich NEWT *auf einmal im Zentrum der Aufmerksamkeit.*

NEWT

Oh, ich … ich kam nur … zufällig vorbei …

MARY LOU

Sind Sie ein Sucher? Sind Sie auf der Suche nach der Wahrheit?

Kurze Pause.

NEWT

Eigentlich bin ich eher ein Jäger.

SCHNITT auf Menschen, die die Bank betreten oder verlassen.

Ein elegant gekleideter Herr schnippt einem Bettler, der auf den Stufen sitzt, eine Münze zu.

NAHAUFNAHME der fliegenden Münze in Zeitlupe.

MARY LOU *(O.S.)*
Beherzigen Sie meine Worte und
hören Sie auf meine Warnung …

SCHNITT *auf kleine Pfoten, die sich durch den schmalen Spalt zwischen Deckel und Gehäuse von* NEWTS *Koffer schieben.*

SCHNITT *auf die Münze, die mit einem melodischen Klirren auf den Stufen landet.*

SCHNITT *auf die Pfoten, die sich nun mit aller Kraft bemühen, den Koffer zu öffnen.*

MARY LOU
… und lachen Sie nur, wenn Sie sich
trauen: Doch Hexen leben unter uns!

MARY LOUS *drei Adoptivkinder, die erwachsenen* CREDENCE *und* CHASTITY *und die achtjährige* MODESTY, *verteilen Flugblätter.* CREDENCE *wirkt nervös und unruhig.*

MARY LOU *(O.S.)*
Wir müssen gemeinsam kämpfen,
um unserer Kinder willen – um der
Zukunft willen!
(an NEWT *gewandt)*
Was sagen Sie dazu, Freund?

Als NEWT *zu* MARY LOU *aufschaut, sieht er aus dem Augenwinkel etwas, das seine Aufmerksamkeit erregt. Der Niffler, eine kleine, pelzige Mischung aus Maulwurf und Schnabeltier, sitzt auf den Stufen der Bank und zieht hastig die mit Münzen gefüllte Mütze des Bettlers hinter eine Säule.*

NEWT *schaut erschrocken auf seinen Koffer hinunter.*

SCHNITT auf den Niffler, der die Münzen des Bettlers eifrig in eine Tasche an seinem Bauch schaufelt. Er sieht auf, bemerkt NEWTS *Blick und rafft eilig die restlichen Münzen zusammen. Dann stürzt er davon, in die Bank hinein.*

NEWT *rennt blitzschnell los.*

NEWT
Entschuldigen Sie mich.

SCHNITT auf MARY LOU *– sie ist verwundert über* NEWTS *mangelndes Interesse an ihrer Sache.*

MARY LOU *(O.S.)*
Hexen leben unter uns.

SCHNITT auf TINA, *die sich durch die Menge schiebt und* NEWT *misstrauisch mustert.*

<u>8. SZENE</u>
INN. EINGANGSHALLE DER BANK – WENIG SPÄTER – TAG

Eine große, prunkvolle Halle. In der Mitte, hinter einem goldenen Bankschalter, sind die Angestellten damit beschäftigt, Kunden zu bedienen.

NEWT *bleibt im Eingangsbereich stehen und sieht sich nach seinem Geschöpf um. Durch seine Kleidung und sein Auftreten wirkt er inmitten der eleganten New Yorker fehl am Platz.*

BANKANGESTELLTER
(misstrauisch)
Kann ich Ihnen helfen, Sir?

NEWT
Nein, ich war … ich hab gerade … ich warte nur …

NEWT *deutet auf eine Sitzbank und weicht zurück. Er setzt sich neben* JACOB.

TINA *beobachtet* NEWT *hinter einer Säule hervor.*

JACOB
(nervös)
Hallo. Was führt Sie hierher?

NEWT *sucht verzweifelt nach seinem Niffler.*

NEWT
Dasselbe wie Sie …

JACOB
Sie wollen einen Kredit, um eine
Bäckerei zu eröffnen?

NEWT
(sieht sich um – abwesend)
Ja.

JACOB
Na, so ein Zufall … Tja dann: Möge
der Bessere gewinnen.

NEWT *entdeckt den Niffler, der gerade Münzen aus einer fremden Tasche klaut.*

JACOB *streckt die Hand aus, aber* NEWT *ist schon weg.*

NEWT
Entschuldigen Sie mich.

NEWT *rennt davon. Auf seinem Platz auf der Bank bleibt ein großes, silbernes Ei zurück.*

JACOB
Hey, Mister … hey, Mister!

NEWT *hört ihn nicht; er ist zu sehr damit beschäftigt, dem Niffler hinterherzujagen.*

JACOB *hebt das Ei auf. In dem Moment öffnet sich die Tür zum Büro des* BANKDIREKTORS *und eine* SEKRETÄRIN *schaut heraus.*

JACOB
Hey, Kollege!

SEKRETÄRIN
Mr Kowalski, Mr Bingley kann Sie jetzt empfangen.

JACOB *steckt das Ei in seine Tasche, nimmt allen Mut zusammen und geht zu dem Büro.*

JACOB
(leise)
Okay … okay.

SCHNITT auf NEWT, *der den Niffler unauffällig verfolgt, während dieser durch die Bank huscht. Endlich entdeckt er das Tier, das eine glänzende Schnalle vom Schuh einer Dame pflückt und dann weitertrippelt, um noch mehr funkelnde Dinge zu stibitzen.* NEWT *muss hilflos mit ansehen, wie der Niffler geschickt von einem Koffer zum nächsten springt, in Taschen schlüpft und grabscht und klaut.*

<u>9. SZENE</u>
INN. BINGLEYS BÜRO – WENIG SPÄTER – TAG

JACOB *steht vor dem stattlichen und makellos gekleideten* MR BINGLEY. BINGLEY *studiert* JACOBS *Geschäftsplan für eine Bäckerei.*

Ein unbehagliches Schweigen. Das Ticken einer Uhr und BINGLEYS *leises Murmeln.*

JACOB *schaut auf seine Tasche – das Ei hat angefangen zu vibrieren.*

BINGLEY
Sie arbeiten derzeit … in einer Konservenfabrik?

JACOB
Das war das Beste, was ich gefunden habe. Ich bin erst seit 1924 wieder zurück.

BINGLEY
Wieder zurück?

JACOB
Aus Europa, Sir. Ja, ich war dort bei
den Expeditionsstreitkräften –

JACOB *ist sichtlich nervös und macht zu dem Wort »Expeditionsstreitkräfte« eine schaufelnde Bewegung, in der vergeblichen Hoffnung, dass ein Witz seiner Sache helfen könnte.*

10. SZENE
INN. IM HINTEREN BEREICH DER BANK – WENIG SPÄTER – TAG

Zurück zu NEWT *in der Schalterhalle. Auf der Suche nach dem Niffler ist er in der Warteschlange eines Kassierers gelandet. Er reckt den Hals und schaut auf die Tasche einer Dame ganz vorn in der Reihe.* TINA *beobachtet ihn hinter einer Säule hervor.*

SCHNITT auf Münzen, die unter einer Bank hervorkullern.

SCHNITT auf NEWT, *der das Klirren hört und sich umdreht. Er sieht kleine Pfoten, die die Münzen hastig aufsammeln.*

SCHNITT *auf den Niffler, der dick und zufrieden unter der Bank sitzt. Doch er hat noch nicht genug, eine glänzende Plakette um den Hals eines kleinen Hundes weckt sein Interesse. Langsam schleicht der Niffler vorwärts und streckt frech die kleine Pfote nach der Plakette aus. Der Hund knurrt und bellt.*

NEWT *stürzt sich unter die Bank. Der Niffler flieht und huscht über die Trennwand hinweg hinter die Bankschalter, unerreichbar für* NEWT.

11. SZENE
INN. BINGLEYS BÜRO – WENIG SPÄTER – TAG

JACOB *klappt voller Stolz seinen Koffer auf und präsentiert eine Auswahl seiner selbstgemachten Gebäckstücke.*

JACOB *(O.S.)*
Also schön.

BINGLEY
Mr Kowalski –

JACOB
Kosten Sie von den Pączkis, okay? Ein Rezept meiner Großmutter. Die Orangennote ist …

JACOB *streckt ihm einen Pączki entgegen …* BINGLEY *lässt sich nicht ablenken.*

BINGLEY
Mr Kowalski, was genau beabsichtigen Sie der Bank als Sicherheit anzubieten?

JACOB
Als Sicherheit?

BINGLEY
Als Sicherheit.

JACOB *deutet hoffnungsvoll auf seine Backwaren.*

BINGLEY
Es gibt heutzutage Maschinen, die produzieren Hunderte von Doughnuts die Stunde –

JACOB
Ich weiß, ich weiß, aber die können mir nicht das Wasser reichen.

BINGLEY
Die Bank muss abgesichert sein,
Mr Kowalski. Einen guten Tag.

BINGLEY *klingelt mit einer Glocke auf seinem Schreibtisch – das Gespräch ist beendet.*

12. SZENE
INN. HINTER DEN BANKSCHALTERN – WENIG SPÄTER – TAG

Der Niffler sitzt auf einem Handwagen voller Geldsäcke, die er gierig in seine Bauchtasche leert. Entsetzt beobachtet NEWT *durch das Sicherheitsgitter, wie ein Wachmann den Wagen einen Gang hinunterschiebt.*

13. SZENE
INN. BANK, SCHALTERHALLE – WENIG SPÄTER – TAG

Ein geknickter JACOB *kommt aus* BINGLEYS *Büro. In seiner ausgebeulten Tasche vibriert es. Beunruhigt zieht er das Ei heraus und sieht sich um.*

SCHNITT *auf den Niffler – er sitzt immer noch auf dem Handwagen, der nun in einen Fahrstuhl geschoben wird.*

SCHNITT *auf* JACOB, *der* NEWT *am Ende der Schalterhalle entdeckt.*

JACOB
Hey! Sie da mit dem Koffer! Ich glaub, aus Ihrem Ei schlüpft was!

NEWTS *Blicke fliegen von* JACOB *zu den sich schließenden Fahrstuhltüren, dann trifft er eine Entscheidung: Er deutet mit seinem Zauberstab auf* JACOB. JACOB *und das Ei werden auf magische Weise durch die Halle zu* NEWT *gezogen. Einen Sekundenbruchteil später sind sie disappariert.*

TINA *beobachtet das Ganze ungläubig hinter der Säule hervor.*

14. SZENE
INN. HINTERER BEREICH DER BANK / TREPPENHAUS – TAG

NEWT *und* JACOB *apparieren in ein enges Treppenhaus, das zu den Tresorräumen der Bank führt, in Windeseile an den Kassierern und Sicherheitsleuten vorbei.*

NEWT *nimmt* JACOB *das Ei sanft aus den Händen. Die Schale bricht und ein kleiner blauer, schlangenähnlicher Vogel schlüpft heraus – ein Occamy.* NEWT *betrachtet ihn ehrfürchtig und sieht* JACOB *an, als erwartete er von ihm eine ähnliche Reaktion.*

Langsam trägt NEWT *das frisch geschlüpfte Tierwesen die Treppe hinunter.*

JACOB
Aber Entschuldigung, was …?

Völlig verwirrt schaut JACOB *die Treppe hoch zur Eingangshalle der Bank. Als* BINGLEY *näher kommt, duckt er sich, um nicht gesehen zu werden.*

JACOB
(zu sich selbst)
Ich war da vorne. Und dann war …
war ich hier. Ich war vorne …

<u>15. SZENE</u>
INN. GANG IM KELLER DER BANK, DER ZUM TRESOR FÜHRT – TAG

POV von JACOB*:* NEWT *kauert am Boden und öffnet seinen Koffer. Behutsam legt er den frisch geschlüpften Occamy hinein und flüstert zärtlich.*

NEWT
Und rein mit dir …

JACOB *(O.S.)*
Hallo?

NEWT
Nein. Beruhigt euch alle wieder – bleib drin, Dougal, zwing mich nicht, reinzukommen.

JACOB *geht durch den Flur und starrt* NEWT *an.*

Wir sehen, wie eine seltsame grüne Kreatur, teils Stabheuschrecke, teils Pflanze, neugierig den Kopf aus NEWTS *Brusttasche streckt. Es ist* PICKETT, *ein Bowtruckle.*

NEWT
Zwing mich nicht, da reinzusteigen.

NEWT *hebt den Kopf und entdeckt den Niffler, der sich durch die verschlossene Tür in den Haupttresor zwängt.*

NEWT

Auf gar keinen Fall!

NEWT *zieht seinen Zauberstab und richtet ihn auf den Tresor.*

NEWT

Alohomora.

Wir sehen, wie sich die Schlösser und Zahnräder der Tresortür drehen.

Die Tresortür geht auf. Genau in diesem Moment biegt BINGLEY *um die Ecke.*

BINGLEY

(*zu* JACOB)

Ach so, jetzt wollen Sie das Geld
einfach stehlen, ja?

BINGLEY *drückt auf einen Knopf an der Wand. Eine Alarmglocke schrillt.* NEWT *zielt mit seinem Zauberstab …*

NEWT

Petrificus Totalus.

BINGLEY *erstarrt plötzlich und kippt stocksteif um.* JACOB *traut seinen Augen kaum.*

JACOB

Mr Bingley!

Die Tresortür geht weit auf.

BINGLEY

(in seinem gelähmten Zustand)

... Kowalski!

NEWT *rennt in den Tresor. Im Innern sitzt der Niffler inmitten Hunderter geöffneter Bankschließfächer auf einem Berg von Banknoten. Er starrt* NEWT *trotzig an, während er sich einen weiteren Goldbarren in die überquellende Bauchtasche stopft.*

NEWT

Ernsthaft?!

NEWT *packt den Niffler, dreht ihn um und schüttelt ihn an den Hinterbeinen. Eine riesengroße, scheinbar unendliche Anzahl von Wertgegenständen fällt heraus.*

NEWT

(zum Niffler)

Nein. Schluss mit den Spielchen.

JACOB *sieht sich ungläubig um, ihm ist fast schlecht vor Angst.*

Trotz ihrer Auseinandersetzung mag NEWT *den Niffler. Grinsend kitzelt er ihn am Bauch, worauf noch mehr Schätze herauspurzeln.*

Schritte auf der Treppe. Mehrere bewaffnete Wachmänner rennen die Stufen herab in den Tresorgang.

JACOB
(panisch)
Oh, nein … nein … nicht schießen.
Nicht schießen!

Hastig packt NEWT JACOBS *Arm und sie disapparieren, mitsamt dem Niffler und dem Koffer.*

16. SZENE
AUSS. VERLASSENE SEITENSTRASSE IN DER NÄHE DER BANK – TAG

NEWT *und* JACOB *apparieren in einer Seitenstraße. Alarmglocken schrillen aus der Bank, und wir sehen, wie sich am Ende der Straße eine Menschenmenge versammelt und die Polizei eintrifft.*

TINA *rennt aus der Bank und schaut von der Treppe hinunter. Sie sieht* NEWT, *der den Niffler zurück in den Koffer zwingt, und* JACOB, *der an einer Mauer kauert.*

JACOB
Ahhh!

NEWT
So, zum letzten Mal, du lang-
fingeriger Lümmel: Pfoten weg
von dem, was nicht dir gehört!

NEWT *klappt den Koffer zu, dann dreht er sich zu* JACOB *um.*

NEWT
Das tut mir ganz furchtbar leid –

JACOB
Was zum Teufel war das?

NEWT
Nichts, was Sie beunruhigen müsste.
Doch bedauerlicherweise haben Sie
bereits viel zu viel gesehen. Also,
wenn Sie so freundlich wären, still zu
stehen, haben wir das im Nu erledigt.

NEWT *sucht seinen Zauberstab und wendet* JACOB *den Rücken zu.* JACOB *nutzt die Gelegenheit, packt seinen Koffer und versetzt* NEWT *damit einen heftigen Schlag, der ihn zu Boden wirft.*

JACOB

Tut mir leid –

JACOB *rennt um sein Leben.*

NEWT *hält sich den Kopf und schaut* JACOB *hinterher, der durch die Gasse rennt und in der Menge untertaucht.*

NEWT

Verflixt!

TINA *kommt mit zielstrebigen Schritten die Seitenstraße herunter.* NEWT *sammelt sich, nimmt den Koffer und geht ihr möglichst ungezwungen entgegen. Als er an ihr vorbeikommt, packt* TINA *seinen Ellenbogen und sie disapparieren.*

17. SZENE
AUSS. SCHMALE GASSE GEGENÜBER DER BANK – TAG

NEWT *und* TINA *apparieren in eine enge Gasse zwischen hohen Backsteinwänden. Im Hintergrund sind immer noch Polizeisirenen zu hören.*

TINA, *ungläubig und außer Atem, dreht sich zu* NEWT.

TINA
Wer *sind* Sie?

NEWT
Es tut mir leid.

TINA
Wer *sind* Sie?

NEWT
Newt Scamander. Und Sie sind?

TINA
Was ist das Ding da in Ihrem Koffer?

NEWT
Das ist mein Niffler.
(deutet auf den Hotdogsenf, der noch an TINAS *Lippe hängt)*
Entschuldigung, Sie haben da etwas an Ihrer –

TINA
Wieso in Deliverance Danes Namen haben Sie ihn freigelassen?

NEWT

Das war nicht meine Absicht, aber wenn er etwas Glitzerndes sieht, dann gibt es kein Halten mehr.

TINA

Nicht Ihre Absicht?

NEWT

Nein.

TINA

Sie hätten sich keinen schlechteren Zeitpunkt dafür aussuchen können! Wir sind hier mitten in einer Krisensituation. Ich muss Sie mitnehmen.

NEWT

Was? Und wohin nehmen Sie mich mit?

Sie zieht ihren offiziellen Ausweis hervor. Darauf sind ein sich bewegendes Foto von ihr und das beeindruckende Symbol eines amerikanischen Adlers abgebildet: MACUSA.

TINA

Zum Magischen Kongress der Vereinigten Staaten von Amerika.

NEWT
(nervös)
Sie arbeiten also für den MACUSA. Was sind Sie? So eine Art Ermittlerin?

TINA
(zögert)
Ja.

Sie steckt ihren Ausweis zurück in ihren Mantel.

TINA
Aber um den No-Maj haben Sie sich gekümmert, oder?

NEWT
Den was?

TINA
(zusehends verärgert)
Den No-Maj. Den Nicht-Magischen, den Nicht-Zauberer.

NEWT
Ach so. Tut mir leid, wir nennen sie Muggel.

TINA
(nun wirklich besorgt)
Sie haben die Erinnerung gelöscht, oder? Von dem No-Maj mit dem Koffer?

NEWT
Ähm …

TINA
(entsetzt)
Das ist ein Verstoß gegen Artikel 3A. Ich muss Sie mitnehmen.

Sie packt NEWT *am Arm und sie disapparieren erneut.*

18. SZENE
AUSS. BROADWAY – TAG

Ein prachtvoll verzierter, unglaublich hoher Wolkenkratzer an einer belebten Straßenkreuzung – das Woolworth-Gebäude.

NEWT *und* TINA *eilen über den Broadway auf das Hochhaus zu.* TINA *zerrt* NEWT *fast am Arm hinter sich her.*

TINA

Kommen Sie!

NEWT

Ähm, Verzeihung, aber eigentlich
hätte ich einiges zu erledigen.

TINA

Tja, das müssen Sie dann wohl verschieben.

TINA *lenkt* NEWT *entschlossen durch den regen Verkehr.*

TINA

Was führt Sie überhaupt nach New York?

NEWT

Äh, ich wollte ein Geburtstagsgeschenk kaufen.

TINA

Und das ging nicht in London?

Sie sind vor dem Woolworth-Gebäude angekommen. Angestellte gehen durch eine große Drehtür ein und aus.

NEWT

Es gibt weltweit nur einen Züchter von Appaloosa-Knuddelmuffs und der lebt in New York. Also, nein.

TINA *zieht* NEWT *zu einem Seiteneingang, der von einem Mann in Manteluniform bewacht wird.*

TINA
(zu dem Wachmann)
Ich hab einen Artikel 3A.

Der Wachmann öffnet sogleich die Tür.

19. SZENE
INN. EINGANGSBEREICH DES WOOLWORTH-GEBÄUDES – TAG

Eine normale Empfangshalle einer Firma in den 1920ern, zahlreiche Menschen laufen herum und unterhalten sich.

TINA *(O.S.)*
Hey, ganz nebenbei, das Züchten von magischen Geschöpfen ist in New York streng verboten. Wir haben seinen Betrieb vor einem Jahr geschlossen.

KAMERASCHWENK – wir sehen, wie TINA *mit* NEWT *durch die Tür kommt. Bei ihrem Eintritt verwandelt sich der gesamte Eingangsbereich auf magische Weise vom Woolworth-Gebäude in den Magischen Kongress der Vereinigten Staaten von Amerika (MACUSA).*

20. SZENE
INN. MACUSA, EINGANGSHALLE – TAG

POV von NEWT: *Sie gehen eine breite Treppe hinauf und betreten die Haupteingangshalle – einen gewaltigen, beeindruckenden Raum mit einer unglaublich hohen Gewölbedecke.*

Hoch oben prangt eine riesige Uhr mit zahlreichen Zahnrädern und Ziffernblättern und der Aufschrift: GEFAHRENSTUFE FÜR ZAUBEREIENTHÜLLUNG. *Der Zeiger auf dem Ziffernblatt deutet auf* HOCH: UNGEKLÄRTE AKTIVITÄT. *Dahinter hängt das imposante Porträt einer majestätisch wirkenden Hexe:* SERAPHINA PICQUERY, *Präsidentin des* MACUSA.

Eulen kreisen, Hexen und Zauberer in der Kleidung der 1920er sind fleißig bei der Arbeit. TINA *führt den beeindruckten* NEWT *durch das geschäftige Treiben. Sie kommen an einer Reihe von Zauberern vorbei, die alle darauf warten, dass ihre Zauberstäbe von einem Hauselfen poliert werden, der eine komplizierte Apparatur aus Federn bedient.*

NEWT *und* TINA *erreichen einen Fahrstuhl. Die Türen öffnen sich und der Liftjunge erscheint: ein Kobold namens* RED.

RED

Hey, Goldstein.

TINA

Hey, Red.

TINA *schubst* NEWT *in die Kabine.*

<u>21. SZENE</u>
INN. FAHRSTUHL – TAG

TINA
(zu RED*)*

Abteilung für Sonderermittlungen.

RED

Ich dachte, Sie wurden –

TINA

Abteilung für Sonderermittlungen!
Ich hab einen Artikel 3A.

RED *benutzt einen langen, knorrigen Stock, um einen Fahrstuhlknopf über ihm zu betätigen. Der Fahrstuhl gleitet in die Tiefe.*

22. SZENE
INN. ABTEILUNG FÜR SONDERERMITTLUNGEN – TAG

NAHAUFNAHME einer Zeitung – Der New Yorker Geisterbote – *mit der Überschrift »MAGISCHE STÖRUNGEN DROHEN ZAUBEREI ZU ENTHÜLLEN«.*

Eine Gruppe höchstrangiger Auroren in dieser Organisation beratschlagt mit ernsten Mienen. Unter ihnen sind GRAVES, *der die Zeitung betrachtet, sein Gesicht ist zerkratzt und lädiert von der Begegnung mit dem seltsamen Wesen in der vergangenen Nacht, und* MADAM PICQUERY *höchstpersönlich.*

MADAM PICQUERY
Die Internationale Vereinigung droht eine Delegation zu schicken. Sie sehen einen Zusammenhang zu Grindelwalds Angriffen in Europa.

GRAVES
Ich war dort. Das ist ein Tierwesen. Kein Mensch schafft das, wozu dieses Ding imstande ist, Frau Präsidentin.

MADAM PICQUERY *(O.S.)*
Was immer es auch ist, eines ist klar: Es muss aufgehalten werden. Es jagt No-Majs Angst ein. Und wenn No-Majs Angst haben, greifen sie an. Es könnte unsere Enthüllung bedeuten. Es könnte Krieg bedeuten.

Als sie Schritte hören, drehen sich die Zauberer zu TINA, *die mit* NEWT *im Schlepptau vorsichtig näher kommt.*

MADAM PICQUERY
(verärgert, aber beherrscht)
Ich hatte mich zu Ihrer Position hier klar geäußert, Miss Goldstein.

TINA
(eingeschüchtert)
Ja, Frau Präsidentin. Aber ich –

MADAM PICQUERY
Sie sind nicht länger ein Auror.

TINA
Nein, Frau Präsidentin. Aber es –

MADAM PICQUERY
Goldstein.

TINA
Es gab einen geringfügigen Vorfall
und –

MADAM PICQUERY
Diese Abteilung befasst sich zurzeit
mit äußerst bedeutenden Vorfällen.
Raus hier.

TINA
(gedemütigt)
Ja, Ma'am.

TINA *drängt den amüsiert dreinblickenden* NEWT *zurück zum Fahrstuhl.* GRAVES *schaut ihnen nach, er scheint als Einziger Mitleid zu haben.*

<u>23. SZENE</u>
INN. KELLER – TAG

Der Fahrstuhl senkt sich in schnellem Tempo den langen Schacht hinunter.

Die Türen öffnen sich in einen engen, stickigen, fensterlosen Kellerraum – ein krasser Gegensatz zu dem oberen Stockwerk. Offenbar der Ort, wo die absoluten Versager arbeiten müssen.

TINA *führt* NEWT *an Hunderten von Schreibmaschinen vorbei, die ganz allein vor sich hin tippen. Über ihnen hängt ein Gewirr aus Glasröhren von der Decke.*

Jede Aktennotiz, jedes Formular, das von einer Schreibmaschine fertiggestellt wird, faltet sich selbst zu einer Origami-Ratte zusammen, die durch eine entsprechende Röhre in die Büros oben flitzt. Zwei Ratten stoßen zusammen, fangen an zu kämpfen und zerfetzen sich gegenseitig.

TINA *geht zu einer düsteren Ecke des Raums. Ein Schild: AMT FÜR ZAUBERSTABZULASSUNG.*

NEWT *duckt sich darunter hinweg.*

<u>24. SZENE</u>
INN. AMT FÜR ZAUBERSTABZULASSUNG – TAG

Das Amt für Zauberstabzulassung ist kaum größer als ein Schrank. Stapel von ungeöffneten Zauberstabzulassungs-Anträgen liegen herum.

TINA *tritt hinter einen Schreibtisch und zieht Mantel und Hut aus. Sie versucht, ihr verlorenes Ansehen bei* NEWT *wiederzugewinnen, indem sie sich ganz offiziell gibt und in Akten herumblättert.*

TINA
Haben Sie schon Ihre Zauberstab-
lizenz? Alle Ausländer brauchen eine
in New York.

NEWT
(lügt)
Ach so, ähm, ich hatte vor Wochen
postalisch eine beantragt.

TINA
(sitzt nun an ihrem Schreibtisch und notiert etwas auf einem Klemmbrett)
Scamander …
(sie traut ihm nicht recht)
Und Sie waren gerade in Äquatorial-
guinea?

NEWT
Ich habe eine einjährige Feldstudie
beendet. Ich schreibe ein Buch über
magische Geschöpfe.

TINA
Ein Leitfaden zu ihrer Vernichtung?

NEWT

Nein, ich hoffe, dass die Menschen durch dieses Buch verstehen, warum wir sie schützen sollten, anstatt sie zu töten.

ABERNATHY *(O.S.)*

GOLDSTEIN! Wo ist sie? Wo ist sie? GOLDSTEIN!

TINA *geht hinter ihrem Schreibtisch in Deckung, worüber* NEWT *grinsen muss.*

ABERNATHY, *ein wichtigtuerischer Paragrafenreiter, kommt herein. Er sieht sofort, wo* TINA *sich versteckt.*

ABERNATHY

Goldstein?

Langsam taucht TINA *mit schuldbewusstem Gesicht hinter ihrem Schreibtisch auf.*

ABERNATHY

Sind Sie gerade wieder in die Ermittlungsgruppe geplatzt?

TINA *will sich verteidigen, aber* ABERNATHY *fährt fort.*

ABERNATHY

Wo sind Sie gewesen?

TINA
(verlegen)
Was?

ABERNATHY
(zu NEWT*)*
Wo hat sie Sie aufgelesen?

NEWT
Mich?

NEWT *wechselt einen schnellen Blick mit* TINA, *die verzweifelt den Kopf schüttelt.* NEWT *zögert – es ist ein stummer Pakt zwischen ihm und* TINA.

ABERNATHY
(erbost, weil er nichts erfährt)
Haben Sie wieder diesen Zweiten Salemern nachgestellt?

TINA
Natürlich nicht, Sir.

GRAVES *biegt um die Ecke.* ABERNATHY *ist sofort ganz unterwürfig.*

ABERNATHY
Guten Tag, Mr Graves, Sir!

GRAVES
Guten Tag, äh – Abernathy.

TINA *tritt vor und wendet sich in offiziellem Ton an* GRAVES.

TINA
(hastig, erpicht darauf, mit ihrem Fall Gehör zu finden)
Mr Graves, Sir, das ist Mr Scamander. Er hat ein närrisches Geschöpf in seinem Koffer, das in einer Bank entflohen war und für Aufregung gesorgt hat.

GRAVES
Lassen Sie das Kerlchen mal sehen.

TINA *atmet erleichtert auf: Endlich hört ihr jemand zu.* NEWT *will etwas sagen – er wirkt beunruhigter, als es wegen eines Nifflers angebracht wäre –, aber* GRAVES *winkt ab.*

Mit großer Geste stellt TINA *den Koffer auf einen Tisch, klappt den Deckel auf – und starrt entgeistert auf den Inhalt.*

SCHNITT *auf den Inhalt des Koffers – er ist voller Backwaren. Nervös kommt* NEWT *näher. Er starrt entsetzt auf die Gebäckstücke.* GRAVES *wirkt etwas verwirrt, grinst dann aber leicht – wieder einer von* TINAS *Fehlern.*

GRAVES

Tina …

GRAVES *geht davon.* NEWT *und* TINA *schauen sich an.*

25. SZENE

AUSS. STRASSE IN DER LOWER EAST SIDE – TAG

JACOB *marschiert unter einem grauen Himmel mit dem Koffer in der Hand die Straße entlang, vorbei an Handkarren, schäbigen kleinen Läden und Mietshäusern. Er sieht sich immer wieder nervös um.*

26. SZENE
INN. JACOBS ZIMMER – TAG

Ein winziger, schmuddeliger Raum, spärlich möbliert und schäbig.

NAHAUFNAHME von dem Koffer, als JACOB *ihn auf sein Bett wirft. Er schaut zu dem Porträt seiner Großmutter an der Wand.*

JACOB
Tut mir leid, Großmutter.

JACOB *setzt sich an seinen Tisch und legt niedergeschlagen und müde den Kopf in die Hände. Hinter ihm geht eine der Kofferschnallen auf.* JACOB *dreht sich um …*

Er setzt sich auf das Bett und untersucht den Koffer. Die zweite Schnalle klappt nun auch von allein auf, der Koffer fängt an zu wackeln und aggressive Tierlaute dringen heraus. JACOB *rückt vorsichtig von ihm weg.*

Zögernd beugt er sich vor … Plötzlich fliegt der Deckel auf und ein Murtlap schießt heraus – ein rattenähnliches Wesen mit einem anemonenartigen Gewächs auf dem Rücken. JACOB *packt es und hält das zappelnde Geschöpf mit beiden Händen fest.*

SCHWENK zurück zum Koffer, der erneut auffliegt. Ein unsichtbares Wesen schnellt heraus und prallt gegen die Decke, bevor es klirrend durch das Fenster kracht.

Der Murtlap springt vorwärts und beißt JACOB *in den Hals, worauf* JACOB *wankt und zu Boden stürzt.*

Der Raum bebt heftig, und in der Wand, wo das Bild von JACOBS *Großmutter hängt, breiten sich große Risse aus. Dann stürzt sie ein und noch mehr Tierwesen fliehen aus dem Bild.*

27. SZENE
INN. KIRCHE DER ZWEITEN SALEMER, HAUPTRAUM – TAG – MONTAGE

Eine schäbige Holzkirche mit abgedunkelten Fenstern und einem Zwischengeschoss mit einer hohen Galerie. MODESTY *spielt ganz allein ein Hüpfspiel mit aufgemalten Kreidekästchen.*

MODESTY
Meine Mama, deine Mama,
Hexen sind's gewesen.
Meine Mama, deine Mama,
fliegen auf 'nem Besen.
Meine Mama, deine Mama,
bringen uns Verderben.
Meine Mama, deine Mama,
Hexen werden sterben!

Während sie singt, sehen wir, dass überall in der Kirche Utensilien der Gruppe herumliegen – Flugblätter, die für MARY LOUS *Kampagne werben, und ein großes Anti-Hexerei-Banner.*

<u>28. SZENE</u>
INN. KIRCHE DER ZWEITEN SALEMER, HAUPTRAUM – TAG

Eine Taube gurrt an einem Fenster hoch oben in der Wand. CREDENCE *tritt vor und schaut hinauf, dann klatscht er mechanisch in die Hände. Die Taube fliegt davon.*

Wir folgen CHASTITY, *die durch die Kirche geht und die große Flügeltür zur Straße öffnet.*

29. SZENE
AUSS. KIRCHE DER ZWEITEN SALEMER,
HINTERHOF – TAG

CHASTITY *tritt aus der Kirche und läutet eine große Essensglocke.*

30. SZENE
INN. KIRCHE DER ZWEITEN SALEMER,
HAUPTRAUM – TAG

MODESTY *spielt immer noch ihr Hüpfspiel.* CREDENCE *hält inne und schaut an ihr vorbei zur Tür.*

MODESTY
Hexe Nummer eins wird im Fluss
ertränkt.
Hexe Nummer zwei bekommt 'nen
Strick geschenkt.

Kinder strömen in die Kirche.

TIME CUT:

Braune Suppe wird an die Kinder ausgegeben, die sich um einen Platz vorn in der Schlange rangeln. MARY LOU, *die eine Schürze trägt, drängt sich mit beifälliger Miene durch die kleine Schar.*

MARY LOU

Holt eure Flugblätter, bevor ihr euch
fürs Essen anstellt, Kinder.

Mehrere Kinder wenden sich an CHASTITY, *die sittsam wartet und die Flugblätter ihrer Kampagne verteilt.*

TIME CUT:

MARY LOU *und* CREDENCE *geben die Suppe aus,* CREDENCE *schaut aufmerksam in jedes Gesicht.*

Ein JUNGE *mit einem Geburtsmal im Gesicht rückt an die Spitze der Schlange vor.* CREDENCE *hält in seinem Tun inne und starrt ihn an.* MARY LOU *streckt die Hand aus und berührt das Gesicht des* JUNGEN.

JUNGE

Ist das ein Hexenmal, Ma'am?

MARY LOU

Nein. Das ist keins.

Der JUNGE *nimmt seine Suppe und geht.* CREDENCE *schaut ihm nach, während sie weiter Suppe austeilen.*

31. SZENE
AUSS. HAUPTSTRASSE IN DER LOWER EAST SIDE – NACHMITTAG

NAHAUFNAHME von einem Billywig – ein kleines, blaues Tierwesen mit hubschrauberartigen Flügeln auf dem Kopf – er fliegt hoch oben die Straße entlang.

Unten gehen TINA *und* NEWT. TINA *trägt den Koffer.*

TINA
(den Tränen nahe)
Nicht zu fassen, dass Sie den Mann nicht obliviiert haben! Wenn es eine Ermittlung gibt, bin ich erledigt.

NEWT
Warum sollten Sie erledigt sein? Ich bin derjenige, der …

TINA
Ich darf mich den Zweiten Salemern noch nicht einmal nähern.

Der Billywig saust über ihre Köpfe hinweg. NEWT *fährt herum und beobachtet ihn entsetzt.*

TINA

Was war das?

NEWT

Das war – eine Motte, denke ich.
Eine dicke Motte.

TINA *findet diese Erklärung zweifelhaft. Sie biegen um die Ecke und sehen eine Menschenmenge, die sich vor einem halb eingestürzten Wohnhaus versammelt hat. Menschen schreien, andere verlassen eilig das Gebäude. Ein* POLIZIST *steht inmitten der Menge und wird von verärgerten Hausbewohnern beschimpft.*

JUMP CUT:

NEWT *und* TINA *gehen am Rand der Menge entlang. Ein betrunkener* LANDSTREICHER *versucht, die Aufmerksamkeit des* POLIZISTEN *auf sich zu lenken.*

POLIZIST

Hey, seien Sie still, ich versuche hier, eine Aussage aufzunehmen.

HAUSFRAU

Und ich sage Ihnen, das war wieder eine Gasexplosion. Ich geh mit den Kindern nicht zurück ins Haus, bis alles sicher ist.

POLIZIST
Es tut mir leid, Ma'am, ich riech hier aber kein Gas.

LANDSTREICHER
(betrunken)
Ich … äh, das war kein Gas, Officer. Ich hab's gesehen, das war ein gigantisches … riesiges Flusspfer–

TINA *schaut auf das zerstörte Gebäude, dabei entgeht ihr, wie* NEWT *seinen Zauberstab aus dem Ärmel zieht und ihn auf den* LANDSTREICHER *richtet.*

LANDSTREICHER
– Gas. Ja, genau, das war Gas.

Die Menge um ihn herum stimmt zu.

MENGE
Gas … Es war Gas!

TINA *bemerkt erneut den Billywig.* NEWT *nutzt die Ablenkung und eilt die Metalltreppe in das zerstörte Mietshaus hinauf.*

32. SZENE
INN. JACOBS ZIMMER – NACHMITTAG

NEWT *betritt* JACOBS *Zimmer und bleibt entgeistert stehen: Der Raum ist völlig zerstört. Fußabdrücke, kaputte Möbel, Glasscherben. Schlimmer noch: ein riesiges Loch in der gegenüberliegenden Wand – etwas Großes hat sich dort gewaltsam einen Weg nach draußen gebahnt. Wir können* JACOB *in der Ecke stöhnen hören.*

33. SZENE
AUSS. WOHNSTRASSE – NACHMITTAG

SCHNITT zurück auf TINA, *die sich umschaut und erkennt, dass* NEWT *verschwunden ist.*

34. SZENE
INN. JACOBS ZIMMER – NACHMITTAG

NEWT *kauert neben* JACOB, *der mit geschlossenen Augen stöhnend auf dem Rücken liegt.* NEWT *will die kleine rote Bisswunde an* JACOBS *Hals untersuchen, aber* JACOB *schlägt benommen immer wieder seine Hand weg.*

TINA *(O.S.)*
Mr Scamander!

SCHNITT auf TINA, *die zielstrebig die Treppe von* JACOBS *Wohnhaus hocheilt.*

SCHNITT zurück auf NEWT, *der verzweifelt einen Reparaturzauber durchführt. Das Zimmer ist gerade rechtzeitig wiederhergestellt und die Wand repariert, als* TINA *den Raum betritt.*

35. SZENE
INN. JACOBS ZIMMER – NACHMITTAG

TINA *kommt herein und findet* NEWT *auf dem Bett sitzend vor. Er versucht, ein unschuldiges und gelassenes Gesicht zu machen. In aller Ruhe schließt er die Schnallen an seinem Koffer.*

TINA
Er war offen?

NEWT
Nur einen Spaltbreit …

TINA
Ist dieses närrische Niffel-Ding
wieder abgehauen?

NEWT
Äh, gut möglich –

TINA
Dann suchen Sie danach! Suchen Sie!

JACOB *stöhnt.*

TINA *lässt* JACOBS *Koffer fallen und geht zu dem verletzten Mann.*

TINA
(besorgt)
Er blutet am Hals. Er ist verletzt!
Aufwachen! Mr No-Maj …

Während TINA *ihm den Rücken zukehrt, schleicht* NEWT *zur Tür. Plötzlich stößt* TINA *einen unterdrückten Schrei aus, weil der Murtlap unter einem Schrank hervortrippelt und sich an ihrem Arm festkrallt.* NEWT *fährt herum, packt das Tierwesen am Schwanz und stopft es in den Koffer.*

TINA
Bei Mercy Lewis, was ist das?

NEWT
Kein Grund zur Beunruhigung. Das ist ein Murtlap.

Unbemerkt von beiden öffnet JACOB *die Augen.*

TINA
Was haben Sie da noch alles drin?

JACOB
(erkennt NEWT*)*
Sie?

NEWT
Hallo.

TINA
Langsam, Mr …

JACOB
Kowalski … Jacob …

TINA *nimmt* JACOBS *Hand und schüttelt sie.*

NEWT *hebt seinen Zauberstab.* JACOB *schreckt vor Angst zurück und klammert sich an* TINA, *die sich schützend vor ihn stellt.*

TINA

Sie dürfen ihn nicht obliviieren! Wir brauchen ihn als Zeugen.

NEWT

Sie haben mich doch auf dem ganzen Weg gemaßregelt, dass ich es nicht gleich getan habe.

TINA

Er ist verletzt. Er sieht krank aus!

NEWT

Er wird schon wieder. Murtlap-Bisse sind nicht gefährlich.

NEWT *steckt den Zauberstab weg.* JACOB *würgt in der Ecke, während* TINA NEWT *ungläubig ansieht.*

NEWT

Gut, ich gebe zu, die Reaktion ist etwas heftiger als üblich. Aber wenn es etwas Ernstes wäre, hätte er …

TINA

Was?

NEWT
Nun, das erste Symptom wären Flammen aus dem Anus. Und er scheint keine …

Entsetzt befühlt JACOB *seinen Hosenboden.*

TINA
Oh, das nimmt kein gutes Ende!

NEWT
Es hält allerhöchstens 48 Stunden an. Ich kann bei ihm bleiben, wenn Sie wollen.

TINA
Bei ihm bleiben? Wir halten uns von ihnen fern! Mr Scamander, wissen Sie eigentlich irgendetwas über die Zauberergemeinschaft in Amerika?

NEWT
Ich weiß in der Tat ein paar Dinge. Sie haben recht rückschrittliche Gesetze in Bezug auf Beziehungen zu Nicht-Zauberern. Man darf nicht mit ihnen befreundet sein, sie nicht heiraten, was mir ziemlich absurd erscheint.

JACOB *verfolgt das Gespräch mit offenem Mund.*

TINA
Wer würde ihn heiraten wollen?
Sie kommen beide mit mir mit.

NEWT
Ich wüsste nicht, wieso ich mit Ihnen
mitkommen sollte.

TINA *versucht, den halb bewusstlosen* JACOB *vom Boden hochzuziehen.*

TINA
Helfen Sie mir!

NEWT *fühlt sich verpflichtet, ihr zu helfen.*

JACOB
Ich träum das nur, oder? Ja …
Ich bin müde. Ich war gar nicht
bei der Bank. Das ist alles nur
ein furchtbarer Alptraum, oder?

TINA
Für uns beide, Mr Kowalski.

TINA *und* NEWT *disapparieren mit* JACOB.

Unser Blick fällt auf das Bild von JACOBS *Großmutter, das wieder an der Wand hängt. Nach einer Weile fängt das Bild an zu wackeln und fällt schließlich herunter. Dahinter ist ein Loch in der Wand, der Schlupfwinkel des Nifflers.*

36. SZENE
AUSS. UPPER EAST SIDE – NACHMITTAG

Ein Junge mit einem riesengroßen Lutscher in der Hand wird von seinem Vater durch eine belebte Straße geführt. Als sie an einem Obstkarren vorbeikommen, schwebt plötzlich ein Apfel in die Luft und hüpft neben ihm her. Der Junge beobachtet verdutzt, wie der Apfel von etwas Unsichtbarem gegessen wird. Das Lächeln in seinem Gesicht verschwindet, als dieselben unsichtbaren Hände ihm den Lutscher entreißen.

Bei einem Zeitungshändler öffnen sich plötzlich die Augen einer Dame auf einem Werbeplakat. Der Umriss eines perfekt getarnten Tierwesens wird kurz sichtbar, bevor es sich aus dem Plakat entfernt. Das Wesen bewegt sich die Straße entlang, wieder unsichtbar und nur an dem Lutscher zu erkennen, den es hält und der in der Luft zu schweben scheint. Ein Hund bellt das Wesen an, es huscht weiter und stößt mehrere Zeitungsständer um, worauf Fahrräder und Automobile schlingernd ausweichen müssen.

SCHNITT *auf das Dach eines Kaufhauses – wir sehen einen dünnen, blauen Schwanz in einem kleinen Dachfenster verschwinden. Auf einmal bebt das Gebäude und Dachziegel fallen herunter, als das Tierwesen immer größer wird und den ganzen Dachboden ausfüllt.*

37. SZENE
INN. SHAW TOWER, NACHRICHTENREDAKTION – ABEND

Das glanzvolle Art-déco-Hauptquartier eines Medienimperiums. In einem Vorzimmer sind zahlreiche Journalisten konzentriert bei der Arbeit.

Ein Fahrstuhl geht auf und LANGDON SHAW *eilt aufgeregt durch den Raum, er führt die Zweiten Salemer hinter sich her. Er trägt Stadtpläne, mehrere alte Bücher und eine Handvoll Fotos bei sich.*

MARY LOU *sieht gefasst aus,* CHASTITY *schüchtern, und* MODESTY *ist aufgeregt und neugierig.* CREDENCE *wirkt nervös – er mag keine Menschenansammlungen.*

LANGDON
… und das hier ist der Redaktionsraum.

LANGDON *wirbelt aufgeregt herum, erpicht darauf, den Zweiten Salemern zu zeigen, welche Autorität er hier besitzt.*

LANGDON
Gehen wir!

LANGDON *geht durch den Raum und redet mit den Angestellten.*

LANGDON
Hey, wie geht's Ihnen? Machen Sie Platz für die Barebones! – Die Ausgabe wird gerade zugemacht und abgefahren, wie man hier sagt.

Die Journalisten wechseln verstohlen amüsierte Blicke, während LANGDON *seine Gruppe zu der Flügeltür am Ende des Großraumbüros führt.* BARKER, *der Assistent von* HENRY SHAW SEN., *steht besorgt auf.*

BARKER
Mr Shaw, Sir, der Senator ist bei ihm –

LANGDON
Das ist mir egal, Barker. Ich will meinen Vater sehen!

LANGDON *drängt sich an ihm vorbei.*

<u>38. SZENE</u>
INN. PENTHOUSE-BÜRO VON SHAW SEN. – ABEND

Ein großes, beeindruckendes Büro mit einer spektakulären Aussicht auf die Stadt. Der Zeitungsmagnat – HENRY SHAW SEN. – *unterhält sich mit seinem älteren Sohn* SENATOR SHAW.

SENATOR SHAW
… sieht recht gut aus.

Die Tür springt auf und ein gequält wirkender BARKER *und ein erregter* LANGDON *tauchen auf.*

BARKER
Es tut mir sehr leid, Mr Shaw, aber Ihr Sohn bestand darauf.

LANGDON
Vater, das willst du unbedingt hören.

LANGDON *geht zum Schreibtisch seines Vaters und breitet Fotografien aus. Wir erkennen einige der Bilder wieder: Es ist die zerstörte Straße vom Anfang des Films.*

LANGDON
Ich habe hier eine Riesensache!

SHAW SEN.
Langdon, dein Bruder und ich sind gerade mit seinem Wahlkampf beschäftigt. Wir haben keine Zeit für so etwas.

MARY LOU, CREDENCE, CHASTITY *und* MODESTY *betreten das Büro.* SHAW SEN. *und* SENATOR SHAW *starren sie an.* CREDENCE *steht mit gesenktem Kopf da, verlegen und nervös.*

LANGDON
Das ist Mary Lou Barebone von der Bewahrenden Gesellschaft des Neuen Salem. Und sie hat eine große Geschichte für dich.

SHAW SEN.
So, hat sie das, ja?

LANGDON
Es geschehen seltsame Dinge überall in der Stadt. Dahinter stecken Leute, die nicht so sind wie wir. Das ist Hexerei, siehst du das nicht?

SHAW SEN. *und der* SENATOR *blicken zweifelnd, sie kennen* LANGDONS *närrische kleine Projekte und Liebhabereien nur zu gut.*

SHAW SEN.

Langdon.

LANGDON

Sie verlangt auch kein Geld dafür.

SHAW SEN.

Dann ist ihre Geschichte entweder wertlos oder sie lügt, was den Preis betrifft. Niemand verschenkt irgendetwas von Wert, Langdon.

MARY LOU

(selbstbewusst, überzeugend)

Sie haben Recht, Mr Shaw. Was wir uns ersehnen, ist unvergleichlich wertvoller als Geld. Es ist Ihr Einfluss. Millionen von Menschen lesen Ihre Zeitung und sie müssen vor dieser Gefahr gewarnt werden.

LANGDON

Diese verrückten Vorfälle in der Untergrundbahn. Sieh dir diese Fotografien an!

SHAW SEN.
Ich wünsche, dass du und deine Freunde jetzt geht.

LANGDON
Nein, du lässt dir eine große Chance entgehen. Sieh dir die Beweise an –

SHAW SEN.
Ist das dein Ernst?

SENATOR SHAW
(gesellt sich zu Vater und Bruder)
Langdon. Hör auf Vater und geh jetzt.

Seine Augen wandern durch den Raum, richten sich auf CREDENCE.

SENATOR SHAW
Und nimm diese Spinner mit.

CREDENCE *zuckt merklich zusammen, beunruhigt durch die gereizte Stimmung um ihn herum.* MARY LOU *bleibt gelassen, aber unbeugsam.*

LANGDON
Das ist Vaters Büro, nicht deins. Und ich habe es satt. Jedes Mal wenn ich hier reinkomme …

SHAW SEN. *bringt seinen Sohn zum Schweigen und bedeutet den* BAREBONES *zu gehen.*

SHAW SEN.

Das reicht! Ich danke Ihnen.

MARY LOU

(ruhig, würdevoll)

Wir hoffen, Sie denken noch einmal darüber nach. Wir sind nicht schwer zu finden. Und bis dahin danken wir Ihnen für Ihre Zeit.

SHAW SEN. *und* SENATOR SHAW *schauen zu, wie* MARY LOU *kehrtmacht und ihre Kinder hinausführt. In der Redaktion ist es still geworden, alle lauschen dem Streit.*

Beim Hinausgehen lässt CREDENCE *ein Flugblatt fallen.* SENATOR SHAW *tritt vor und bückt sich, um es aufzuheben. Er wirft einen Blick auf das Hexenbild darauf.*

SENATOR SHAW

(zu CREDENCE*)*

Hey, Bürschchen, du hast da was fallen lassen.

Der SENATOR *zerknüllt das Blatt und drückt es* CREDENCE *in die Hand.*

SENATOR SHAW

Bitte sehr, du Spinner – warum wirfst du es nicht in den Müll, wo ihr alle hingehört?

Hinter CREDENCE *steht* MODESTY *mit lodernden Augen. Beschützend umklammert sie* CREDENCE' *Hand.*

39. SZENE

AUSS. STRASSE MIT SANDSTEINHÄUSERN – KURZ DARAUF – ABEND

TINA *und* NEWT *haben den angeschlagenen* JACOB *in ihre Mitte genommen und versuchen, ihn aufrecht zu halten.*

TINA

Und hier rechts rein …

JACOB *gibt immer wieder Würgelaute von sich, der Biss an seinem Hals scheint ihn mehr und mehr zu beeinträchtigen.*

Nachdem die kleine Gruppe um eine Straßenecke gebogen ist, zieht TINA *sie hastig hinter einen großen Lastwagen. Von hier aus späht sie zu einem Haus auf der anderen Straßenseite hinüber.*

TINA

Okay – bevor wir reingehen ... ich darf eigentlich keinen Herrenbesuch mitbringen.

NEWT

Gut, dann werden Mr Kowalski und ich uns eine andere Unterkunft suchen –

TINA

Nein, werden Sie nicht!

TINA *packt* JACOB *rasch am Arm und zieht ihn über die Straße,* NEWT *folgt gehorsam.*

TINA

Achtung, Bordstein!

40. SZENE
INN. WOHNHAUS DER GOLDSTEINS, TREPPENHAUS – ABEND

NEWT, TINA *und* JACOB *schleichen auf Zehenspitzen die Treppe hinauf. Sie haben gerade den ersten Absatz erreicht, da meldet sich* MRS ESPOSITO, *die Vermieterin. Die drei bleiben wie angewurzelt stehen.*

MRS ESPOSITO *(O.S.)*
Sind Sie das, Tina?

TINA
Ja, Mrs Esposito!

MRS ESPOSITO *(O.S.)*
Sind Sie allein?

TINA
Immer allein, Mrs Esposito.

Kurze Pause.

41. SZENE
INN. WOHNHAUS DER GOLDSTEINS, WOHNZIMMER – ABEND

Die Gruppe betritt die Wohnung der Goldsteins.

Die Räume sind ärmlich, werden aber durch Alltagszauberei beseelt. Ein Bügeleisen bügelt in einer Ecke allein vor sich hin, ein Wäscheständer dreht sich unbeholfen auf seinen Holzstreben vor einem Feuer und trocknet allerlei Unterwäsche. Zeitschriften liegen herum: Der Hexenfreund, Hexenschwatz *und* Verwandlung Heute.

Die blonde QUEENIE, *das schönste Mädchen, das je einen Hexenumhang trug, steht in einem Seidenunterrock da und überwacht, wie ein Kleid auf einer Schneiderpuppe geflickt wird.* JACOB *ist wie vom Donner gerührt.*

NEWT *bemerkt sie kaum. Er brennt darauf, so schnell wie möglich wieder zu gehen, und späht aus dem Fenster.*

QUEENIE

Teenie, du bringst Herrenbesuch mit?

TINA

Gentlemen, das ist meine Schwester. Willst du dir vielleicht was anziehen, Queenie?

QUEENIE

(unbekümmert)

Oh. Klar.

Sie fährt mit ihrem Zauberstab die Kleiderpuppe entlang, worauf das Kleid auf magische Weise über ihren Körper gleitet. JACOB *sieht sprachlos zu.*

Frustriert beginnt TINA, *die Wohnung aufzuräumen.*

QUEENIE
Und? Wer sind die Herren?

TINA
Das ist Mr Scamander. Er hat eine schwere Verletzung des nationalen Geheimhaltungsstatuts begangen.

QUEENIE
(beeindruckt)
Er ist ein Krimineller?

TINA
M-hm. Und das ist Mr Kowalski, er ist ein No-Maj.

QUEENIE
(plötzlich besorgt)
Ein No-Maj? Teen, was führst du im Schilde?

TINA
Er ist krank. Ist 'ne lange Geschichte. Mr Scamander hat etwas verloren und ich helfe ihm, es zu finden.

JACOB *wankt plötzlich, er schwitzt stark und wirkt sehr krank.* QUEENIE *eilt zu ihm,* TINA *ist ebenfalls besorgt.*

QUEENIE
(als JACOB *rücklings auf ein Sofa plumpst)*
Sie müssen sich setzen, Darling.
(liest seine Gedanken)
Er hat den ganzen Tag nichts gegessen. Und …
(liest seine Gedanken)
… oh, wie gemein …
(liest seine Gedanken)
… ihm wurde der Kredit für seine Bäckerei verwehrt. Sie backen, Darling? Ich koche für mein Leben gern.

NEWT *beobachtet* QUEENIE *vom Fenster aus, sein wissenschaftliches Interesse ist nun geweckt.*

NEWT
Sind Sie ein Legilimentor?

QUEENIE
Mmh, ja. Doch mit Ihresgleichen ist es oft schwierig. Briten. Sie denken so anders.

JACOB
(begreift, wovon sie sprechen – erschrocken)
Sie können Gedanken lesen?

QUEENIE

Oh, keine Sorge, Darling. Daran denken fast alle Männer, wenn sie mich zum ersten Mal sehen.

QUEENIE *deutet neckisch mit ihrem Zauberstab auf* JACOB.

QUEENIE

Sie brauchen jetzt etwas zu essen.

NEWT *schaut aus dem Fenster und sieht einen Billywig vorbeifliegen – er ist nervös und kann es kaum erwarten, wegzukommen und seine Tierwesen zu suchen.*

TINA *und* QUEENIE *hantieren in der Küche herum. Zutaten kommen aus den Schränken geflogen und werden von* QUEENIE *zu einer Mahlzeit zusammengehext. Karotten und Äpfel schneiden sich selbst klein, Teig rollt sich aus und Pfannen rühren sich von allein.*

QUEENIE

(zu TINA*)*

Hotdog? Schon wieder?

TINA

Hör auf, meine Gedanken zu lesen!

QUEENIE

Keine sehr gesunde Mahlzeit.

TINA *richtet ihren Zauberstab auf die Schränke. Teller, Besteck und Gläser schweben heraus und landen nach einem kleinen Wink von* TINAS *Zauberstab auf dem Tisch.* JACOB *wankt halb fasziniert, halb verängstigt zum Tisch.*

SCHNITT auf NEWT, *seine Hand liegt auf dem Türknauf.*

QUEENIE
(arglos)
Hey, Mr Scamander, essen Sie lieber Pastete oder Strudel?

Alle schauen zu NEWT, *der verlegen die Hand vom Türknauf nimmt.*

NEWT
Ich hab da keine besondere Vorliebe.

TINA *sieht* NEWT *an, streitlustig, aber auch enttäuscht und verletzt.*

JACOB *sitzt bereits am Tisch und steckt sich die Serviette in den Kragen.*

QUEENIE
(JACOBS *Gedanken lesend)*
Sie essen lieber Strudel, heh, Darling? Dann also Strudel.

JACOB *nickt begeistert.* QUEENIE *grinst erfreut.*

Mit einem Schlenker ihres Zauberstabs lässt QUEENIE *Rosinen, Äpfel und Teig durch die Luft fliegen. Das Ganze wickelt sich fein säuberlich zu einer länglichen Teigrolle zusammen, die sogleich gebacken ist, hübsch verziert und mit einem Hauch Puderzucker obendrauf.* JACOB *atmet tief ein: himmlisch.*

TINA *zündet die Kerzen auf dem Tisch an – das Essen ist fertig.*

Die Kamera richtet sich auf NEWTS *Tasche, es piepst leise und* PICKETT *streckt neugierig den Kopf heraus.*

TINA

Setzen Sie sich, Mr Scamander. Wir werden Sie nicht vergiften.

NEWT, *der immer noch an der Tür steht, ist von der Szene irgendwie bezaubert.* JACOB *wirft ihm einen vielsagenden Blick zu und drängt ihn stumm, Platz zu nehmen.*

42. SZENE
AUSS. BROADWAY – NACHT

CREDENCE *geht allein durch das dichte irdische Gedränge nächtlicher Restaurant- und Theaterbesucher. Der Verkehr rauscht an ihm vorbei. Er versucht, Flugblätter zu verteilen, stößt aber nur auf Unverständnis und leise Verachtung.*

Vor ihm ragt bedrohlich das Woolworth-Gebäude auf. CREDENCE *schaut mit einem Anflug von Sehnsucht hinüber.* GRAVES *steht davor und beobachtet* CREDENCE *aufmerksam.* CREDENCE *entdeckt ihn, und Hoffnung huscht über sein Gesicht. Zutiefst beglückt geht* CREDENCE *über die Straße auf* GRAVES *zu, ohne auf den Verkehr zu achten – alles andere ist vergessen.*

43. SZENE
AUSS. SEITENGASSE – NACHT

CREDENCE *steht mit gesenktem Kopf am Ende einer düsteren Seitengasse.* GRAVES *tritt ganz dicht an ihn heran und flüstert verschwörerisch.*

GRAVES
Du bist aufgebracht. Wieder wegen deiner Mutter? Irgendwer hat etwas gesagt. Was war es? Sag's mir.

CREDENCE
Halten Sie mich für einen Spinner?

GRAVES
Nein. Ich halte dich für einen ganz besonderen jungen Mann. Denkst du, ich hätte dich sonst gebeten, mir zu helfen?

Pause. GRAVES *legt eine Hand auf* CREDENCE' *Arm. Der menschliche Kontakt scheint* CREDENCE *zu erschrecken und gleichzeitig zu faszinieren.*

GRAVES
Gibt es irgendetwas Neues?

CREDENCE
Ich suche noch. Mr Graves, wenn ich wüsste, ob es ein Junge oder ein Mädchen ist …

GRAVES
In meiner Vision sah ich nur ein Kind mit immenser Macht. Er oder sie ist nicht älter als zehn. Und ich sah das Kind in unmittelbarer Nähe deiner Mutter. Sie erkannte ich ganz deutlich.

CREDENCE
Da kommen Hunderte in Frage.

GRAVES' *Stimme wird weicher – verführerisch, beruhigend.*

GRAVES
Es gibt noch etwas, das ich dir noch nicht erzählt habe: Ich sah dich neben mir in New York. Du bist es, der das Vertrauen des Kindes

gewinnt. Du bist der Schlüssel. Das hab ich gesehen. Du wünschst dir Zutritt in die Welt der Zauberer. Diese Dinge wünsche ich mir auch, Credence. Ich wünsche sie mir für dich. Also finde das Kind. Finde das Kind und wir werden alle frei sein.

<u>44. SZENE</u>
INN. WOHNHAUS DER GOLDSTEINS, WOHNZIMMER – EINE HALBE STUNDE SPÄTER – NACHT

Die Schnalle an NEWTS *Koffer springt auf.* NEWT *bückt sich und klappt sie wieder zu.*

JACOB *sieht etwas besser aus, da er nun gegessen hat.* QUEENIE *und er verstehen sich blendend.*

QUEENIE
Die Arbeit ist nicht gerade glanzvoll, ich koche die meiste Zeit Kaffee oder hebe Toilettenflüche auf … Tina ist die Karrierefrau.

(liest seine Gedanken)
Nein, wir sind Waisen. Ma und Pa sind an Drachenpocken gestorben, als wir Kinder waren. Oh …
(seine Gedanken lesend)
Wie süß von Ihnen! Aber wir haben ja einander.

JACOB
Könnten Sie für einen Moment aufhören, meine Gedanken zu lesen? Verstehen Sie mich nicht falsch – ich find es toll.

QUEENIE *kichert entzückt, fasziniert von* JACOB.

JACOB
Das Essen ist wirklich wahnsinnig lecker! Ich … das ist mein Gebiet, ich bin Koch und das ist … das Leckerste, was ich in meinem ganzen Leben gegessen hab.

QUEENIE
(lachend)
Oh, Sie alter Charmeur! Ich hab mich noch nie richtig mit einem No-Maj unterhalten.

JACOB
Wirklich?

QUEENIE *und* JACOB *schauen sich tief in die Augen.* NEWT *und* TINA *sitzen sich gegenüber und schweigen verlegen angesichts dieser beiden Turteltauben.*

QUEENIE
(zu TINA*)*
Ich mach ihm keine schönen Augen!

TINA
(verlegen)
Ich mein nur, du solltest ihm besser keine Hoffnungen machen. Er muss sowieso obliviiert werden.
(zu JACOB*)*
Nehmen Sie's nicht persönlich.

JACOB *ist auf einmal wieder ganz bleich und verschwitzt, obwohl er sich wegen* QUEENIE *zusammenreißt.*

QUEENIE
(zu JACOB*)*
Oh, hey, geht es Ihnen gut, Darling?

NEWT *steht energisch vom Tisch auf und tritt unbeholfen hinter seinen Stuhl.*

NEWT
Gut, Miss Goldstein, ich glaube, Mr Kowalski braucht dringend eine Mütze Schlaf. Abgesehen davon müssen Sie und ich morgen früh

aufstehen, um meinen Niffler zu
finden.

QUEENIE
(zu TINA*)*
Was ist ein Niffler?

TINA *schaut verärgert.*

TINA
Frag nicht.
(geht zu einem Hinterzimmer)
Sie können heute hier übernachten.

45. SZENE
**INN. WOHNHAUS DER GOLDSTEINS,
SCHLAFZIMMER – NACHT**

Die Männer liegen zugedeckt in zwei ordentlich gemachten Einzelbetten. NEWT *hat sich entschieden auf die Seite gedreht, während* JACOB *noch aufrecht im Bett sitzt und versucht, den Inhalt eines Zauberbuchs zu begreifen.*

TINA, *die einen gemusterten blauen Schlafanzug trägt, klopft zögernd an die Tür und kommt mit einem Tablett und zwei Tassen Kakao herein. Die Schokolade rührt sich von allein um –* JACOB *ist wieder fasziniert.*

TINA

Oh, ich dachte, vielleicht möchten
Sie gern was Heißes trinken?

TINA *reicht* JACOB *vorsichtig seine Tasse.* NEWT *liegt immer noch abgewandt da und stellt sich schlafend, worauf die enttäuschte* TINA *seine Tasse demonstrativ auf den Nachttisch stellt.*

JACOB

Hey, Mr Scamander –

(zu NEWT*, damit er sich besser benimmt)*

Sehen Sie nur, Kakao!

NEWT *rührt sich nicht.*

TINA

(gereizt)

Das Bad ist den Flur runter, rechts.

JACOB

Danke …

Als TINA *die Tür schließt, erhascht* JACOB *einen kurzen Blick auf* QUEENIE *im anderen Zimmer, die einen weit weniger sittsamen Morgenrock trägt.*

JACOB

Äußerst freundlich …

Sobald die Tür zu ist, springt NEWT, *der immer noch seinen Mantel trägt, auf und stellt seinen Koffer auf den Boden. Zu* JACOBS *größtem Erstaunen klappt* NEWT *den Koffer auf und steigt darin hinunter, bis er nicht mehr zu sehen ist.*

JACOB *stößt einen leisen Schreckensruf aus.*

NEWTS *Hand taucht aus dem Koffer auf und winkt ihn herrisch herbei.* JACOB *starrt schwer atmend darauf und versucht, die Situation zu verarbeiten.*

Wieder winkt NEWTS *Hand ungeduldig.*

NEWT *(O.S.)*
Kommen Sie schon!

JACOB *rafft sich auf, steigt aus dem Bett und klettert in* NEWTS *Koffer. Doch an der Taille bleibt er stecken und bemüht sich verzweifelt, sich irgendwie durchzuquetschen, wobei der Koffer mit ihm auf und ab hüpft.*

JACOB
Herrgott noch …!

Mit einem letzten frustrierten Ruck verschwindet JACOB *plötzlich im Koffer, der hinter ihm zuklappt.*

<u>46. SZENE</u>
INN. NEWTS KOFFER – WENIG SPÄTER – NACHT

JACOB *rumpelt die Treppe im Koffer hinunter und stößt dabei gegen verschiedene Gegenstände, Instrumente und Flaschen.*

Er findet sich im Innern eines kleinen Holzschuppens wieder, darin ein Feldbett, eine Tropenausrüstung und verschiedene Werkzeuge an der Wand. In Holzschränken sind Seile, Netze und gläserne Sammelbehälter verstaut. Auf einem Schreibtisch steht eine uralte Schreibmaschine, daneben liegen ein Manuskriptstapel und ein mittelalterliches Bestiarium. Topfpflanzen stehen aufgereiht auf einem Regal. In einer Arzneikiste liegen Unmengen von Pillen und Tabletten, Spritzen und Röhrchen, und an den Wänden hängen

Notizen, Landkarten, Zeichnungen und ein paar sich bewegende Fotografien von ungewöhnlichen Kreaturen. An einem Haken baumelt eine getrocknete Tierleiche. Mehrere Säcke mit Tierfutter lehnen an der Wand.

NEWT
(mit einem Blick zu JACOB*)*
Nehmen Sie Platz.

JACOB *sinkt auf eine Kiste, auf der handschriftlich MONDKALB-KÜGELCHEN steht.*

JACOB
Ist 'ne gute Idee.

NEWT *tritt vor, um den Biss an* JACOBS *Hals zu untersuchen – ein kurzer Blick genügt.*

NEWT
Ja, das war definitiv ein Murtlap. Sie reagieren wohl sehr empfindlich darauf. Also, Sie sind ein Muggel, das heißt, Ihre Physiologie ist geringfügig anders.

NEWT *hantiert an seiner Werkbank herum und stellt aus Blättern und dem Inhalt verschiedener Fläschchen eine Tinktur her, die er sogleich auf* JACOBS *Hals aufträgt.*

JACOB
Au …

NEWT

Stillhalten. Jetzt sollten Sie nicht mehr schwitzen.

(reicht ihm ein paar Tabletten)

Und eine davon sollte das Zucken beheben.

JACOB *betrachtet misstrauisch die Pillen in seiner Hand. Schließlich entscheidet er, dass er nichts zu verlieren hat, und schluckt sie.*

SCHNITT auf NEWT*, der mittlerweile seinen Mantel ausgezogen, die Fliege gelöst und die Hosenträger heruntergezogen hat. Er nimmt ein Beil, hackt Fleischstücke von einem großen Kadaver und wirft sie in einen Eimer.*

NEWT

(reicht JACOB *den Eimer)*

Halten Sie das.

JACOB *macht ein angewidertes Gesicht.* NEWT *bemerkt es nicht, er konzentriert sich jetzt ganz auf einen stacheligen Kokon, den er langsam drückt. Der Kokon sondert ein leuchtendes Gift ab, das* NEWT *in einer Glasphiole auffängt.*

NEWT

(zu dem Kokon)

Komm schon …

JACOB

Was ist das denn?

NEWT

Tja, das nennen die Einheimischen den »bösen Sturzfalter«. Kein sehr freundlicher Name. Er ist ein recht lebhafter Zeitgenosse.

Wie um das zu beweisen, schnippt NEWT *gegen den Kokon, der sich daraufhin aufwickelt und elegant von seinem Finger baumelt.*

NEWT

Ich habe ihn studiert und bin ziemlich sicher, dass sein Gift sehr hilfreich sein kann, wenn es entsprechend verdünnt wird. Für das Entfernen schlechter Erinnerungen, versteht sich.

Ganz plötzlich wirft NEWT *den bösen Sturzfalter* JACOB *zu. Das Tierwesen – ein fledermausähnliches, stacheliges, buntes Geschöpf – schießt aus seinem Kokon heraus und heult* JACOB *ins Gesicht, bevor* NEWT *es wieder zurückruft.* JACOB *fährt erschrocken zusammen, doch offenbar war das von* NEWT *als kleiner Scherz gemeint …*

NEWT

(lächelt in sich hinein)

Aber hier sollte ich ihn besser nicht freilassen.

NEWT *öffnet die Tür seines Schuppens und geht hinaus.*

NEWT

Kommen Sie.

Der nun völlig verwirrte JACOB *folgt ihm.*

47. SZENE
INN. NEWTS KOFFER, TIERGELÄNDE – TAG

Das ganze Ausmaß des Lederkoffers ist nur schwach zu erkennen, aber der Ort hat die Größe eines kleinen Flugzeughangars angenommen. Er enthält eine Art Miniatur-Safaripark, in dem jedes von NEWTS *Tierwesen seinen passenden, durch Zauberei geschaffenen Lebensraum besitzt.*

JACOB *betritt staunend diese Welt.*

NEWT *steht im nächstgelegenen Gehege – einem Streifen Arizona-Wüste. Hier wohnt* FRANK, *ein prächtiger Donnervogel, der einem riesigen Albatros ähnelt, mit Flügeln, die in einem wunderschönen Wolken- und Sonnenmuster schimmern. Eines seiner Beine ist aufgeschürft und blutig – offenbar war er vorher angekettet.*
Als FRANK *flügelschlagend auffliegt, geht auf sein Gelände ein Sturzregen nieder, mit Donner und Blitzen.* NEWT *zaubert mit seinem Zauberstab einen magischen Regenschirm, der ihn vor dem Regen schützt.*

NEWT
(die Augen auf FRANK *hoch über ihm gerichtet)*
Komm her … hier runter … Komm her!

Langsam beruhigt FRANK *sich wieder und sinkt herab, um sich auf einen großen Felsen vor* NEWT *zu stellen. Der Regen hört auf und wird durch strahlenden, heißen Sonnenschein ersetzt.*

NEWT *steckt den Zauberstab weg und holt eine Handvoll Larven aus seiner Tasche.* FRANK *beobachtet ihn aufmerksam.*

NEWT *streichelt* FRANK *mit seiner freien Hand und beruhigt ihn liebevoll.*

NEWT
Oh, Paracelsus sei Dank! Wärst du weggeflogen, hätte das in einer Katastrophe enden können.
(zu JACOB*)*
Er ist der wahre Grund, weshalb ich in Amerika bin. Um Frank nach Hause zu bringen.

JACOB *tritt mit großen Augen ganz langsam vor. Sofort beginnt* FRANK *wieder, aufgeregt mit den Flügeln zu schlagen.*

NEWT
(zu JACOB*)*
Warten Sie, nein, bleiben Sie da!

Er ist Fremden gegenüber etwas ängstlich.

(*zu* FRANK, *beruhigend*)

So ist's gut … so ist's gut.

(*zu* JACOB)

Er war ein Opfer von Tierhändlern. Ich hab ihn in Ägypten gefunden, in Ketten gelegt. Ich konnte ihn nicht da lassen. Ich musste ihn zurückbringen. Ich bring dich dahin zurück, wo du hingehörst, stimmt's, Frank? In die Wildnis von Arizona.

NEWT *umarmt* FRANKS *Kopf, mit einem hoffnungsvollen, freudigen Gesicht. Dann grinst er und wirft die Larven hoch in die Luft.* FRANK *schwingt sich majestätisch auf, um sie zu fangen, und seine Flügel funkeln in der Sonne.*

Stolz und liebevoll schaut NEWT *ihm zu. Dann dreht er sich um, legt die Hände an den Mund und stößt, zu einem anderen Bereich des Koffers gewandt, wie ein Tier ein lautes Brüllen aus.*

NEWT *geht an* JACOB *vorbei und nimmt den Eimer mit dem Fleisch.* JACOB *stolpert ihm hinterher, während mehrere Doxys um seinen Kopf herumsurren. Benommen schlägt* JACOB *nach ihnen. Hinter ihm rollt ein großer Mistkäfer gerade eine riesige Mistkugel.*

Wir hören wieder NEWTS *lautes Brüllen.* JACOB *folgt rasch seiner Stimme und findet* NEWT *in einem sandigen, mondbeschienenen Gelände.*

NEWT
(murmelnd)
Ah – da kommen sie.

JACOB
Da kommt wer?

NEWT
Graphörner.

Ein großes Tierwesen stürmt herbei: ein Graphorn, das einem Säbelzahntiger ähnelt, allerdings mit schleimigen Tentakeln am Maul. JACOB *schreit auf und will zurückweichen, aber* NEWT *hält ihn fest.*

NEWT
Schon gut. Keine Angst, keine Angst.

Das Graphorn kommt näher zu NEWT.

NEWT
(streichelt das Graphorn)
Na du? Hallo!

Die seltsamen schleimigen Tentakel des Graphorns legen sich auf NEWTS *Schultern und scheinen ihn zu umarmen.*

NEWT
Sie sind das letzte existierende Paar. Hätte ich sie nicht gerettet, wäre es vermutlich das Ende der Graphörner gewesen.

Ein jüngeres Graphorn trottet direkt auf JACOB *zu, umkreist ihn neugierig und leckt ihm die Hand. Er starrt es an, dann streckt er die Hand aus und streichelt vorsichtig seinen Kopf.* NEWT *beobachtet* JACOB *erfreut.*

NEWT
Ist ja gut.

NEWT *wirft ein Stück Fleisch in das Gehege, das junge Graphorn schnappt es sich schnell und frisst es auf.*

JACOB
Und Sie … Sie retten diese
Geschöpfe?

NEWT
Ja, ganz genau. Ich rette, versorge
und beschütze sie. Und ich versuche
behutsam, meine Zaubererkollegen
über sie aufzuklären.

Ein winziger, leuchtend rosafarbener Vogel, der Fwuuper, landet auf einer kleinen Sitzstange, die mitten in der Luft hängt.

NEWT *steigt eine Treppe hoch.*

NEWT
(zu JACOB*)*
Kommen Sie.

Sie betreten einen Bambuswald und schlängeln sich geduckt zwischen den Pflanzen hindurch. NEWT *ruft.*

NEWT
Titus? Finn? Poppy, Marlow, Tom?

Sie kommen auf eine sonnenbeschienene Waldlichtung. NEWT *holt* PICKETT *aus seiner Tasche und hält ihn auf seiner Hand.*

NEWT
(*zu* JACOB)
Er hatte eine Erkältung. Er hat etwas Körperwärme gebraucht.

JACOB
Oh.

Sie gehen zu einem kleinen Baum, der in Sonnenlicht gehüllt ist. Als sie näher kommen, fängt ein ganzer Schwarm Bowtruckles an zu schnattern und huscht aus den Blättern hervor.

NEWT *hält die ausgestreckte Hand an den Baum und will* PICKETT *überreden, sich zu den anderen zu gesellen. Die Bowtruckles schnarren laut, als sie* PICKETT *sehen.*

NEWT
Na los, hoch mit dir!

PICKETT *weigert sich stur,* NEWTS *Arm zu verlassen.*

NEWT
(zu JACOB*)*
Na ja, er ist etwas anhänglich.
(zu PICKETT*)*
Los, komm schon, Pickett!
Pickett! Sie werden nicht auf dir
rumhacken … Komm schon. Pickett!

PICKETT *klammert sich mit seinen dürren Händen an einen von* NEWTS *Fingern. Er will auf keinen Fall auf den Baum zurück. Schließlich gibt* NEWT *auf.*

NEWT
Na gut. Und genau deshalb
werfen sie mir vor, ich würde
dich bevorzugen.

NEWT *setzt* PICKETT *auf seine Schulter und dreht sich um. Beim Anblick eines großen runden, leeren Nests macht er ein besorgtes Gesicht.*

NEWT
Oh nein, Dougal ist fort.

Aus einem anderen Nest ganz in der Nähe hören wir ein Piepsen.

NEWT
Schon gut, ich komme. Ich komme.
Mama ist da – Mama ist da.

NEWT *greift in das Nest und holt ein Occamy-Küken heraus.*

NEWT
Oh, hallo … Los, lass dich mal ansehen!

JACOB
Die Kerlchen kenn ich.

NEWT
Ein neuer Occamy.
(*zu* JACOB)
Ihr Occamy.

JACOB
Wie, mein Occamy?

NEWT
Ja. Wollen Sie ihn …?

NEWT *hält* JACOB *den Occamy hin.*

JACOB
Oh, oh, äh … ja, klar. Okay … aah!

JACOB *nimmt das neugeborene Geschöpf sanft in die Hände und betrachtet es. Als er seinen Kopf streicheln will, schnappt der Occamy nach ihm.* JACOB *schreckt zurück.*

NEWT
Oh, Verzeihung, nicht streicheln! Sie lernen früh, sich zu verteidigen. Ihre Eierschalen bestehen aus Silber und sind unglaublich wertvoll.

NEWT *füttert die übrigen Jungen im Nest.*

JACOB
Okay …

NEWT
Ihre Nester werden deshalb oft von Jägern geplündert.

Erfreut über JACOBS *Interesse an seinen Tierwesen, nimmt* NEWT *ihm den kleinen Occamy ab und setzt ihn wieder in das Nest.*

JACOB
Danke sehr.
(heiser)
Mr Scamander?

NEWT
Oh, nennen Sie mich Newt.

JACOB

Newt … Ich glaub nicht, dass ich träume.

NEWT

(leicht amüsiert)

Wie kommen Sie zu der Erkenntnis?

JACOB

So was würde mir nicht mal im Traum einfallen.

NEWT *sieht* JACOB *interessiert und gleichzeitig geschmeichelt an.*

NEWT

Sagen Sie, könnten Sie sich den Eimer nehmen und die Mondkälber dort drüben füttern?

JACOB

Ja, klar.

JACOB *bückt sich und hebt den Eimer mit dem Futter auf.*

NEWT

Gleich da vorn …

NEWT *nimmt eine in der Nähe stehende Schubkarre und geht tiefer in den Koffer hinein.*

NEWT
(verärgert)
Verflixt – der Niffler ist weg.
Natürlich. Der kleine Langfinger
lässt keine Gelegenheit aus, um etwas
Glitzerndes abzustauben.

Während JACOB *durch den Koffer marschiert, sehen wir goldene »Blätter« von einem winzigen Baum fallen und in einer Wolke auf die Kamera zufliegen. Sie schwärmen nach oben und mischen sich unter die Doxys, Leuchtkäfer und Grindelohs, die dort durch die Luft schweben.*

SCHWENK nach oben – es zeigt sich ein weiteres, prächtiges Tierwesen, der Nundu, der wie ein gefleckter Löwe aussieht. Er hat eine große Mähne, die sich zu einem dicken Wulst aufbläht, wenn er brüllt. Stolz thront er auf einem Felsen und faucht den Mond an. NEWT *verteilt das Fleisch am Boden zu seinen Füßen und geht dann zielstrebig weiter.*

Ein Diricawl – ein kleiner, dicker Vogel – watschelt vorn ins Bild, gefolgt von seinen Küken, die unablässig apparieren und disapparieren. JACOB *klettert eine steile grasbewachsene Böschung hinauf.*

JACOB
(zu sich selbst)
Und, was hast du heute so gemacht,
Jacob? Oh, ich war in einem Koffer.

Oben erblickt JACOB *einen großen Felshang im Mondlicht, der von kleinen Mondkälbern bevölkert wird, schüchternen Wesen mit riesigen Augen, die fast ihr ganzes Gesicht ausfüllen.*

JACOB

Hey! Oh, hallo, Freunde … na gut … na gut.

Die Mondkälber hüpfen den Hang zu JACOB *herunter, der sich plötzlich von ihren freundlichen, hoffnungsvollen Gesichtern umringt sieht.*

JACOB

Ganz ruhig, ganz ruhig.

Während er das Futter verstreut, hüpfen die Mondkälber begeistert auf und ab. JACOB *fühlt sich mittlerweile offenbar deutlich besser – ihm gefällt das hier tatsächlich …*

SCHNITT auf NEWT, *der nun ein leuchtendes Geschöpf mit langen, alienartigen Tentakeln im Arm hält und es mit der Flasche füttert. Dabei beobachtet er aufmerksam, wie* JACOB *die Mondkälber versorgt – er erkennt eine verwandte Seele in ihm.*

JACOB

(er füttert immer noch die Mondkälber)

Ihr Süßen. Ja, ihr kriegt alle was.

Ein unheimlicher Schrei ertönt in der Nähe.

JACOB
(zu NEWT*)*
Haben Sie das gehört?

Aber NEWT *ist verschwunden.* JACOB *dreht sich um und sieht einen Vorhang aufflattern und dahinter eine Schneelandschaft.*

Wir gehen hinein, auf eine kleine, ölige schwarze Masse zu, die mitten in der Luft zu hängen scheint – ein Obscurus. Neugierig betritt JACOB *die Schneelandschaft, um sich das genauer anzuschauen. Die Masse wabert vor sich hin und strahlt eine beunruhigende, rastlose Energie aus.* JACOB *will sie berühren.*

NEWT *(O.S.)*
(streng)
Gehen Sie zurück.

JACOB *erschrickt.*

NEWT
Gehen Sie zurück …

JACOB
Was ist denn mit dem los?

NEWT
Ich sagte, gehen Sie zurück.

JACOB
Was zum Teufel ist das für ein Ding?

NEWT
Das ist ein Obscurus.

JACOB *mustert* NEWT, *der einen Moment lang in eine schlimme Erinnerung versunken scheint. Dann wendet* NEWT *sich abrupt ab und geht zurück zur Hütte, sein Ton ist nun kühl und resolut. Seine Freude darüber, sich mit seinen Tierwesen zu beschäftigen, ist verflogen.*

NEWT
Ich muss sofort los. Ich muss alle einfangen, bevor ihnen etwas zustößt.

Die beiden betreten einen weiteren Wald, NEWT *marschiert entschlossen voraus.*

JACOB
Bevor *ihnen* was zustößt?

NEWT
Ja, Mr Kowalski. Denn sie sind jetzt auf unbekanntem Terrain, inmitten von Millionen der bösartigsten Kreaturen auf der Erde.
(kurze Pause)
Den Menschen.

NEWT *bleibt erneut stehen und starrt in ein großes Savannengehege, in dem keine Tierwesen zu sehen sind.*

NEWT
Was würden Sie sagen, wo würde ein mittelgroßes Geschöpf, das weite, flache Ebenen schätzt – Bäume, Wasserlöcher, derlei Dinge –, wo würde sie hingehen?

JACOB
In New York?

NEWT
Ja.

JACOB
Weite Ebenen?

JACOB *überlegt ratlos, welcher Ort dafür geeignet wäre.*

JACOB
Äh – in den Central Park?

NEWT
Und wo genau ist der?

JACOB
Wo der Central Park ist?

Kurze Pause.

JACOB
Hören Sie, ich würde Sie ja hinführen, aber denken Sie nicht, da will uns jemand aufs Kreuz legen? Sie lassen uns bei sich übernachten, machen uns heißen Kakao …

NEWT
Ihnen ist klar, dass sie Sie auf der Stelle obliviieren, wenn sie sehen, dass Sie nicht mehr schwitzen?

JACOB
Was heißt denn »bliviieren«?

NEWT
Oh, dann wachen Sie auf und alle Erinnerungen an Magie sind weg.

JACOB
Ich hätte all das hier vergessen?

Er schaut sich um. Diese Welt ist außergewöhnlich.

NEWT

Exakt.

JACOB

Na schön. Ja, okay, ich helfe Ihnen.

NEWT

(hebt einen Eimer auf)

Dann mal los.

48. SZENE
AUSS. / INN. STRASSE VOR DER KIRCHE DER ZWEITEN SALEMER – NACHT

CREDENCE *geht nach Hause, zurück zur Kirche. Er sieht fröhlicher aus als zuvor: Sein Treffen mit* GRAVES *hat ihn getröstet.*

CREDENCE *betritt langsam die Kirche und schließt leise die Flügeltür.*

CHASTITY *ist im Küchenbereich und trocknet Geschirr ab.*

MARY LOU *sitzt im Halbdunkel auf der Treppe.* CREDENCE *spürt ihre Anwesenheit und hält inne, sein Gesicht ist voller Angst.*

MARY LOU
Credence, wo bist du gewesen?

CREDENCE
Ich habe ... nach einem Ort für die morgige Versammlung gesucht. Es gibt da eine Ecke an der 32. Straße, die –

CREDENCE *geht zum Fuß der Treppe und verstummt, als er* MARY LOUS *strenges Gesicht sieht.*

CREDENCE
Es tut mir leid, Ma. Mir war nicht bewusst, wie spät es schon ist.

Wie ferngesteuert zieht CREDENCE *seinen Gürtel aus der Hose.* MARY LOU *steht auf, streckt die Hand aus und nimmt ihn entgegen. Schweigend dreht sie sich um und steigt die Treppe hoch.* CREDENCE *folgt gehorsam.*

MODESTY *geht zur Treppe und schaut ihnen nach, Angst und Sorge im Gesicht.*

49. SZENE
AUSS. CENTRAL PARK – NACHT

Ein großer gefrorener Teich in der Mitte des Central Park. Kinder laufen Schlittschuh. Ein Junge stürzt. Ein Mädchen will ihm aufhelfen, sie nimmt seine Hand.

Gerade als sie wieder aufstehen, leuchtet ein Licht unter dem Eis auf. Ein tiefes Knurren ertönt. Die Kinder starren erschrocken auf ein schimmerndes Tierwesen, das unter dem Eis dahingleitet und dann verschwindet.

50. SZENE
AUSS. DIAMANTENBEZIRK – NACHT

NEWT *und* JACOB *gehen auf dem Weg zum Central Park eine verlassene Straße entlang. Die Läden um sie herum sind voll mit teurem Schmuck, Diamanten und Edelsteinen.* NEWT, *der seinen Koffer trägt, sucht in den Schatten nach verstohlenen Bewegungen.*

NEWT

Ich hab Sie beim Essen beobachtet.

JACOB

Ja.

NEWT

Die Menschen mögen Sie, nicht wahr, Mr Kowalski?

JACOB

(verdutzt)

Oh, äh … Nun, ich bin … ich bin sicher, die Menschen mögen Sie auch, heh?

NEWT

(unbekümmert)

Eher nicht, nein. Ich geh ihnen auf die Nerven.

JACOB

(weiß nicht recht, wie er darauf antworten soll)

Oh.

NEWT *findet* JACOB *offensichtlich äußerst faszinierend.*

NEWT

Warum wollen Sie eigentlich Bäcker werden?

JACOB

Tja, ähm … Weil ich eingehe in dieser Konservenfabrik.

(abgewandt von NEWT*)*

Alle gehen da ein, es quetscht das Leben aus einem raus. Mögen Sie Dosenfutter?

NEWT

Nein.

JACOB

Sehen Sie? Ich auch nicht. Deshalb möchte ich gern Gebäck herstellen, das macht die Menschen glücklich. Wir müssen hier lang.

JACOB *biegt nach rechts ab.* NEWT *folgt ihm.*

NEWT

Wurde Ihnen der Kredit gewährt?

JACOB

Nein. Ich kann keine Sicherheiten anbieten. Und war offenbar zu lange in der Armee, keine Ahnung.

NEWT
Sie waren im Krieg?

JACOB
Natürlich war ich im Krieg, jeder war im Krieg. Waren Sie nicht im Krieg?

NEWT
Ich hatte zumeist mit Drachen zu tun. Mit Ukrainischen Eisenbäuchen, an der Ostfront.

NEWT *bleibt unvermittelt stehen. Er hat einen kleinen glänzenden Ohrring auf einer Motorhaube entdeckt. Seine Augen wandern weiter nach unten: Diamanten liegen auf dem Bürgersteig verstreut und führen zum Fenster eines Juweliergeschäfts.*

Unauffällig folgt NEWT *der Spur und schleicht an den Schaufenstern vorbei. Etwas erregt seine Aufmerksamkeit und er hält plötzlich inne. Langsam geht er wieder zurück.*

Der Niffler steht in einem der Schaufenster. Um sich zu verstecken, tarnt er sich als Schmuckständer, die kleinen Arme ausgestreckt und mit Juwelen behängt.

NEWT *starrt ungläubig auf den Niffler. Das Tier spürt seinen Blick und dreht sich langsam um. Die beiden sehen sich an.*

Kurze Pause.

Plötzlich rennt der Niffler davon: Er trippelt tiefer in den Laden hinein, nur weg von NEWT. *Der zieht seinen Zauberstab.*

NEWT

Finestra.

Das Schaufenster zerbricht, NEWT *springt in den Laden und greift in Schubladen und Schränke, auf der verzweifelten Jagd nach dem Niffler.* JACOB *schaut die Straße entlang und beobachtet dann ungläubig* NEWT, *der aus der Perspektive eines Außenstehenden betrachtet das Juweliergeschäft zu plündern scheint.*

Der Niffler taucht wieder auf und huscht über NEWTS *Schulter, um höher hinauf und weg von seinen Händen zu kommen, die nach ihm greifen.* NEWT *springt auf einen Tisch und folgt ihm, doch der Niffler balanciert schon auf einem Kristallleuchter.*

NEWT *reckt sich nach ihm und stolpert, und dann hängen beide an dem Leuchter, der sich wild schaukelnd dreht.*

JACOB *schaut sich nervös auf der Straße um, ob jemand den Lärm hört, der aus dem Geschäft dringt.*

Schließlich kracht der Kristallleuchter zu Boden und zerschellt. Der Niffler ist sofort wieder auf den Beinen und klettert über die Schmuckvitrinen, dicht gefolgt von NEWT.

Eine Schnalle an NEWTS *Koffer geht auf und aus dem Inneren ertönt Tiergebrüll.* JACOB *schaut ängstlich auf den Koffer.*

Der Niffler und NEWT *setzen ihre Verfolgungsjagd fort, bis schließlich beide auf einer Vitrine landen, die ihr Gewicht nicht halten kann und mit ihnen gegen eines der Schaufenster kippt.* NEWT *und der Niffler sitzen regungslos da ...*

JACOB *holt tief Luft und tritt langsam vor, um die Kofferschnalle wieder zu schließen.*

Auf einmal zeigt sich ein Riss im Glas. NEWT *beobachtet, wie der Sprung sich über die ganze Scheibe ausbreitet. Das Fenster zerbricht, die Scherben prasseln auf den Gehweg –* NEWT *und der Niffler landen unsanft am Boden.*

Der Niffler hält nur kurz inne, dann rennt er die Straße entlang. NEWT *rappelt sich hastig auf und zieht seinen Zauberstab.*

NEWT

ACCIO!

IN ZEITLUPE segelt der Niffler rücklings durch die Luft zu NEWT *zurück. Im Flug schaut er zur Seite und entdeckt das prächtigste Schaufenster von allen. Seine Augen werden groß. Er segelt auf* NEWT *und* JACOB *zu, die auf ihn zustürmen und sich vor dem Schmuck ducken, der ihnen aus der Bauchtasche des Nifflers entgegenfliegt.*

Der Niffler schwebt an einem Laternenpfahl vorbei, streckt die Pfote aus, wirbelt um die Stange herum und fliegt weiter, weg von der Flugbahn, auf die NEWT *ihn geschickt hat, und direkt auf das prächtige Schaufenster zu.* NEWT *lässt einen Zauber los und verwandelt das Fenster in ein klebriges Gelee, in dem der Niffler schließlich stecken bleibt.*

NEWT
(zum Niffler)
So. Zufrieden?

NEWT, *der jetzt von Kopf bis Fuß mit Schmuck behängt ist, zieht den Niffler aus dem Fenster.*

Im Hintergrund sind Polizeisirenen zu hören.

NEWT
Nummer eins, da waren's nur noch zwei.

Polizeiautos rasen durch die Straßen.

NEWT *schüttelt ein weiteres Mal sämtliche Diamanten aus der Tasche des Nifflers.*

Die Polizeiautos fahren vor, POLIZISTEN *stürmen heraus, die Waffen auf* NEWT *und* JACOB *gerichtet.* JACOB, *ebenfalls mit Schmuck behangen, hebt ergeben die Hände.*

JACOB
Sie sind da lang, Officer.

POLIZIST 1
Hände hoch, sofort!

Der Niffler, der in NEWTS *Manteltasche steckt, streckt quiekend seine kleine Nase hervor.*

POLIZIST 2
Was ist DAS denn?

JACOB *schaut plötzlich mit entsetztem Gesicht nach links.*

JACOB
(kann kaum sprechen)
Löwe …

Kurze Pause, dann richten die POLIZISTEN *ihre Augen und ihre Waffen auf das andere Ende der Straße.*

Verdutzt dreht auch NEWT *den Kopf … ein Löwe pirscht auf sie zu.*

NEWT
(gelassen)
Ich muss sagen, in New York ist
es erheblich interessanter, als ich
gedacht hatte.

Bevor die POLIZISTEN *sich wieder zu ihnen umdrehen können, packt* NEWT JACOB *am Arm und sie disapparieren.*

51. SZENE
AUSS. CENTRAL PARK – NACHT

NEWT *und* JACOB *eilen durch den mit Raureif bedeckten Park.*

Beim Überqueren einer Brücke werden sie fast von einem Vogel Strauß umgerannt, der in Todesangst an ihnen vorbeistürmt.

Ein lautes Knurren ist in der Ferne zu hören.

NEWT *zieht einen Kopfschutz aus der Tasche und reicht ihn* JACOB.

NEWT
Setzen Sie den auf.

JACOB
Aber warum sollte ich so was tragen müssen?

NEWT
Weil Ihr Schädel unter enormer Krafteinwirkung zum Brechen neigt.

NEWT *rennt weiter. Verängstigt setzt* JACOB *den Helm auf und stürmt* NEWT *hinterher.*

52. SZENE
AUSS. WOHNHAUS DER GOLDSTEINS – NACHT

TINA *und* QUEENIE *lehnen aus ihrem Schlafzimmerfenster und spähen in die Dunkelheit. Wieder hallt ein lautes Brüllen durch die Winternacht. Andere Fenster öffnen sich, Nachbarn starren schläfrig über die Stadt.*

53. SZENE
INN. WOHNHAUS DER GOLDSTEINS – NACHT

TINA *und* QUEENIE *stürzen in das Schlafzimmer, wo* NEWT *und* JACOB *eigentlich schlafen sollten. Von den beiden Männern ist keine Spur zu sehen. Wütend marschiert* TINA *davon, um sich anzuziehen.* QUEENIE *macht ein enttäuschtes Gesicht.*

QUEENIE
Aber wir haben ihnen doch Kakao gemacht …

54. SZENE
AUSS. CENTRAL PARK ZOO – NACHT

NEWT *und* JACOB *rennen zu dem mittlerweile halbleeren Zoo, dessen Außenwände an einigen Stellen zerstört sind. Am Eingang liegt ein großer Schutthaufen.*

Ein weiteres Brüllen ertönt über das Backsteingebäude. NEWT *zieht eine Schutzweste hervor.*

NEWT

Na schön. Hier, äh, legen Sie das besser an.

NEWT *steht hinter* JACOB *und schnallt ihm den Brustpanzer an.*

JACOB

Okay.

NEWT

Nur die Ruhe, es gibt absolut keinen Grund zur Besorgnis.

JACOB

Hat Ihnen das jemals jemand geglaubt, wenn Sie das gesagt haben?

NEWT

Es ist meine Überzeugung, dass, wer sich sorgt, zwei Mal leidet.

JACOB *versucht,* NEWTS *»Weisheit« zu verdauen.*

NEWT *nimmt seinen Koffer und* JACOB *folgt ihm, über Trümmer und Schutt stolpernd.*

Sie stehen am Eingang des Zoos. Aus dem Innern dringt ein lautes Schnauben.

NEWT
Sie ist bereit. Sie will sich paaren.

SCHNITT auf den Erumpent – ein großes, rundliches, nashornartiges Tierwesen mit einem riesigen Horn an der Stirn. Dieses Weibchen ist fünf Mal so groß wie das verängstigte Nilpferd, an dessen Gehege es sich reibt.

NEWT *holt eine winzige Phiole hervor – er zieht den Stöpsel mit den Zähnen heraus und spuckt ihn aus. Dann tupft er sich einen Tropfen der Flüssigkeit auf beide Handgelenke.* JACOB *sieht ihn an – es riecht sehr streng.*

NEWT
Erumpent-Moschus. Sie ist verrückt danach.

NEWT *reicht* JACOB *das offene Fläschchen und geht in den Zoo.*

TIME CUT:

NEWT *stellt seinen Koffer neben dem Erumpent auf den Boden und öffnet ihn langsam und verlockend.*

Er beginnt ein »Paarungsritual« vorzuführen – eine Reihe von Grunzern, Wacklern, Drehungen und Stöhngeräuschen –, um die Aufmerksamkeit des Erumpents auf sich zu lenken.

Schließlich wendet sich das Erumpent-Weibchen von dem Nilpferd ab – NEWT *hat sein Interesse geweckt. Sie schauen sich an und umkreisen sich mit merkwürdigen Schlängelbewegungen. Das Benehmen des Weibchens erinnert an einen Welpen, sein Horn glüht hellrot.*

NEWT *rollt sich über den Boden. Das Erumpent-Weibchen tut es ihm nach und kommt dabei dem geöffneten Koffer immer näher.*

NEWT

Gutes Mädchen … Komm schon, ab
in den Koffer …

JACOB *schnuppert an dem Erumpent-Moschus. Da wird er von einem Fisch getroffen, der durch die Luft fliegt, und er verschüttet die Flüssigkeit.*

Der Wind dreht sich. Bäume rauschen. Das Weibchen atmet tief ein – es riecht den neuen, stärkeren Duft, der von JACOB *ausgeht.*

JACOB *sieht sich um. Hinter ihm sitzt ein Seehund, der ihn schuldbewusst anschaut und dann frech davonhoppelt.*

Als JACOB *sich wieder umwendet, steht der Erumpent da und starrt ihn an.*

SCHNITT auf NEWT *und* JACOB, *die beide wissen, was gleich passieren wird.*

BACK TO SCENE:

Das Erumpent-Weibchen prescht laut brüllend auf die Quelle des Geruches zu. JACOB *heult auf und rennt so schnell er kann in die entgegengesetzte Richtung. Das Weibchen nimmt die Verfolgung auf – sie stürmen quer durch Trümmer und über eisbedeckte Tümpel, und dann preschen sie durch den verschneiten Park.*

NEWT *zieht seinen Zauberstab ...*

NEWT

Repar–

Bevor er ausreden kann, reißt ihm ein Pavian den Stab aus der Hand und rennt mit seiner Beute davon.

NEWT

Bei Merlins Bart!

SCHNITT auf JACOB, *der durch den Park rast, den Erumpent dicht auf den Fersen.*

SCHNITT auf NEWT *– er steht vor dem neugierigen Pavian, der seinen Zauberstab untersucht.*

NEWT *bricht einen Zweig von einem Ast ab und hält ihn dem Affen zum Tausch hin.*

NEWT

Das ist genau das Gleiche ... genau das Gleiche.

SCHNITT zurück auf JACOB*:*

JACOB *hat versucht, einen Baum hochzuklettern, und hängt nun auf gefährliche Weise kopfüber an einem Ast.*

JACOB
(brüllend, voller Angst)
Newt!

Unter ihm sehen wir das Erumpent-Weibchen. Es liegt auf dem Rücken und strampelt einladend mit den Beinen.

SCHNITT zurück auf NEWT *– der Pavian schüttelt* NEWTS *Zauberstab.*

NEWT
Nein, nein, nicht!

NEWT *schaut besorgt – BAM! – der Zauberstab »geht los« und der Zauber schleudert den Pavian nach hinten weg. Der Stab fliegt in* NEWTS *Hand zurück.*

NEWT
Tut mir schrecklich leid.

SCHNITT auf JACOB *– das Weibchen ist nun wieder auf den Beinen. Es stürmt auf den Baum zu und bohrt sein Horn tief in den Stamm. Das Holz verwandelt sich in eine leuchtende, blubbernde Flüssigkeit, dann kippt der Baum krachend um.*

JACOB *fällt herab, er kullert einen steilen, schneebedeckten Hang hinunter und landet auf dem vereisten See.*

Das Erumpent-Weibchen jagt ihm hinterher und schlittert über das Eis. NEWT *rast den Hang hinunter und auf die beiden zu. Er gleitet sportlich mit dem geöffneten Koffer über die glatte Eisfläche – das Weibchen ist keine zehn Zentimeter mehr von* JACOB *entfernt, als es von dem Koffer verschluckt wird.*

NEWT

Alle Achtung, Mr Kowalski!

JACOB *streckt ihm die Hand hin.*

JACOB

Nennen Sie mich Jacob.

Sie schütteln sich die Hand.

POV von einer dritten Person: Jemand beobachtet, wie NEWT JACOB *aufhilft und beide so schnell wie möglich über den zugefrorenen See schlittern.*

NEWT

So, Nummer zwei, da war's nur noch einer.

FESTE EINSTELLUNG auf TINA, *die sich auf der Brücke über ihnen versteckt und auf sie hinabschaut.*

NEWT *(O.S.)*
(zu JACOB*)*
Hereinspaziert.

Wir sehen den Koffer allein unter der Brücke stehen.

TINA *rennt herbei und setzt sich hastig auf den Koffer. Sie schließt die Schnallen, entsetzt, aber fest entschlossen.*

ANSAGER *(V.O.)*
Meine Damen und Herren …

<u>55. SZENE</u>
INN. RATHAUS – NACHT

Ein riesiger, prächtig geschmückter Saal, in dem überall patriotische Banner hängen. Hunderte von Menschen in Abendgarderobe sitzen an runden Tischen und schauen auf eine Bühne am anderen Ende. Über der Bühne prangt ein riesiges Plakat von SENATOR SHAW *mit dem Wahlspruch »Amerikas Zukunft«.*

Ein ANSAGER *steht hinter dem Mikrofon.*

ANSAGER
… ich denke, unser heutiger Hauptredner bedarf keiner weiteren Vorstellung. Er wird bereits als der

zukünftige Präsident gehandelt. Und
wenn Sie mir nicht glauben wollen,
lesen Sie die Zeitung seines Daddys.

Gutmütiges Gelächter aus der Menge. Wir sehen SHAW SEN. *und* LANGDON *an einem Tisch sitzen, umgeben von der Crème de la Crème der New Yorker Gesellschaft.*

ANSAGER
Meine Damen und Herren, begrüßen
Sie den Senator von New York,
Henry Shaw!

Tosender Beifall. SENATOR SHAW *springt auf, nimmt den Applaus dankend entgegen, begrüßt bekannte Gesichter in der Menge, zwinkert ihnen zu und geht die Stufen zur Bühne hinauf.*

56. SZENE
AUSS. DUNKLE STRASSE – NACHT

Etwas streicht durch die Straßen, zu groß und zu schnell für einen Menschen. Ein merkwürdiges, angestrengtes Atmen und Fauchen – es klingt nicht menschlich, eher nach einem Tier.

57. SZENE
AUSS. STRASSE BEIM RATHAUS – NACHT

TINA *eilt die Straße entlang, den Koffer in der Hand. Um sie herum gehen die Straßenlaternen aus. Sie bleibt stehen und spürt im Dunkeln etwas an sich vorbeiziehen – verängstigt dreht sie sich um.*

58. SZENE
INN. RATHAUS – NACHT

SENATOR SHAW
Und es ist wahr, wir haben einige Fortschritte erreicht. Aber Sie wissen: Müßiggang ist aller Laster Anfang. Wie schon die widerlichen Trinklokale vom Straßenbild verbannt wurden …

Ein seltsames, unheimliches Seufzen dringt aus den Orgelpfeifen hinten im Saal. Alle drehen sich um, der SENATOR *hält inne.*

SENATOR SHAW
… so sollen nun die Billardsalons und
die zahllosen Hinterstübchen …

Das seltsame Seufzen wird lauter.

Wieder drehen sich einige Gäste um. Der SENATOR *wirkt besorgt. Die Menschen murmeln.*

Auf einmal bricht unter der Orgel explosionsartig etwas hervor. Etwas Riesiges, Tierhaftes, auch wenn es unsichtbar ist, rauscht durch den Saal – Tische fliegen, Menschen werden durch die Luft geworfen, die Lampen zerspringen, und alle schreien, während das Wesen eine Schneise bis zur Bühne pflügt.

SENATOR SHAW *wird rücklings gegen sein eigenes Plakat geschleudert und hoch in die Luft gehoben, wo er für einen Moment hängen bleibt. Dann stürzt er krachend auf die Bühne – tot.*

Das »Tier« zerrt an seinem Plakat – ein wildes Schlitzen und Reißen, begleitet von rauen, lauten Atemzügen – dann fliegt es wieder dorthin zurück, wo es hergekommen ist.

Angstvolle und panische Rufe sind zu hören, während SHAW SEN. *sich durch die Trümmer zu dem zerschlagenen, blutenden Körper seines Sohnes kämpft.*

SCHNITT *auf* SENATOR SHAWS *Körper, auf sein brutal zerschnittenes, entstelltes Gesicht.* SHAW SEN. *kniet sich zutiefst erschüttert neben seinen Sohn.*

SCHNITT auf LANGDON, *der aufgestanden ist und leicht betrunken wirkt. Entschlossen, vielleicht auch triumphierend.*

LANGDON

HEXEN!

59. SZENE
INN. MACUSA, EINGANGSHALLE – NACHT

Die Kamera richtet sich auf die riesige Uhr, die die GEFAHRENSTUFE FÜR ZAUBEREIENTHÜLLUNG *anzeigt. Der Zeiger wandert von* HOCH *zu* NOTFALL.

TINA *rennt mit dem Koffer in der Hand die Stufen der Eingangshalle hinauf, vorbei an Hexen und Zauberern, die sich nervös tuschelnd in einzelnen Grüppchen zusammendrängen.*

HEINRICH EBERSTADT *(V.O.)*
Unsere amerikanischen Freunde haben einen Verstoß gegen das Geheimhaltungsstatut begangen …

<u>60. SZENE</u>
INN. PENTAGRAMM-SAAL – NACHT

Ein beeindruckender Raum, der an einen alten Plenarsaal eines Parlaments erinnert. Auf den Plätzen sitzen Zauberer aus allen Teilen der Welt. MADAM PICQUERY *hat den Vorsitz,* GRAVES *ist an ihrer Seite.*

Der Schweizer Abgeordnete spricht gerade.

HEINRICH EBERSTADT
… der uns alle zu enthüllen droht.

MADAM PICQUERY
Ich lasse mich nicht von dem Mann belehren, dem Gellert Grindelwald einfach entwischt ist.

Ein Hologramm von SENATOR SHAWS *leblosem und gekrümmtem Körper schwebt hoch oben im Saal, ein schwacher Lichtschein geht von ihm aus.*

Alle Köpfe drehen sich, als TINA *in den Sitzungssaal stürmt.*

TINA

Frau Präsidentin, verzeihen Sie
die Störung, aber es gab einen
kritischen –

Hallende Stille. TINA *kommt mitten auf dem Marmorboden schlitternd zum Stehen, bevor sie überhaupt begreift, wo sie da gerade hineingeplatzt ist. Die Delegierten starren sie an.*

MADAM PICQUERY

Ich hoffe, Sie haben eine gute
Entschuldigung für Ihr Eindringen,
Miss Goldstein.

TINA

Ja, die habe ich.
(tritt vor und spricht sie direkt an)
Ma'am, gestern kam ein Zauberer
mit einem Koffer in New York an.
Mit diesem Koffer, voller magischer
Geschöpfe. Und leider sind einige
davon entkommen.

MADAM PICQUERY
Er kam gestern in New York an? Sie wissen seit 24 Stunden, dass ein unregistrierter Zauberer einige magische Tierwesen freigelassen hat, und informieren uns erst, nachdem jemand getötet wurde?

TINA
Wer wurde getötet?

MADAM PICQUERY
Wo ist dieser Mann?

TINA *stellt den Koffer flach auf den Boden, klappt die Schnallen auf und pocht auf den Deckel. Nach ein oder zwei Sekunden öffnet er sich knarrend. Zuerst taucht* NEWT *auf, dann* JACOB, *beide wirken kleinlaut und nervös.*

BRITISCHER GESANDTER
Scamander?

NEWT
(schließt den Koffer)
Oh, hallo, Herr Minister.

MOMOLU WOTORSON
Theseus Scamander? Der Kriegsheld?

BRITISCHER GESANDTER
Nein, das ist sein kleiner Bruder. Und was treiben Sie hier in New York?

NEWT
Ich will einen Appaloosa-Knuddelmuff kaufen, Sir.

BRITISCHER GESANDTER
(misstrauisch)
Ja, klar. Was treiben Sie hier wirklich?

MADAM PICQUERY
(zu TINA, *über* JACOB*)*
Goldstein – und wer ist das?

TINA
Das ist Jacob Kowalski, Frau Präsidentin. Ein No-Maj, der von einem von Mr Scamanders Geschöpfen gebissen wurde.

Wütende Reaktionen von den MACUSA-Mitgliedern und den Würdenträgern im Raum.

EINIGE MINISTER
(flüsternd)
Ein No-Maj? Ein No-Maj! Obliviiert ihn!

NEWT *ist ganz vertieft in den Anblick von* SENATOR SHAWS *Körper, der im Saal schwebt.*

NEWT
Bei Merlins Bart!

MADAM YA ZHOU
Sie wissen, welches Ihrer Wesen dafür verantwortlich war, Mr Scamander?

NEWT
Das war kein Tierwesen … Das wissen Sie genau! Ich bitte Sie, sehen Sie sich die Male an …

SCHNITT auf SENATOR SHAWS *Gesicht.*

SCHNITT auf NEWT.

NEWT
Das war ein Obscurus.

Überall im Saal Bestürzung, leises Gemurmel, Ausrufe. GRAVES *wirkt alarmiert.*

MADAM PICQUERY
Jetzt treiben Sie es zu weit, Mr Scamander. Es gibt kein Obscurial in Amerika. Den Koffer beschlagnahmen, Mr Graves!

GRAVES *ruft den Koffer herbei; er landet neben ihm.* NEWT *zieht seinen Zauberstab.*

NEWT
(*zu* GRAVES)
Warten Sie, nein! Geben Sie ihn zurück!

MADAM PICQUERY
Fesseln Sie sie!

Zahlreiche Zauber werden auf NEWT, TINA *und* JACOB *abgefeuert, und alle drei werden auf die Knie geschleudert.* NEWT *fliegt der Zauberstab aus der Hand,* GRAVES *fängt ihn auf.*

GRAVES *steht auf und nimmt den Koffer.*

NEWT
(*magisch festgehalten*)
Tun Sie den Geschöpfen nichts. Bitte, Sie verstehen nicht – nichts darin ist gefährlich. Gar nichts!

MADAM PICQUERY
Es liegt an uns, das zu beurteilen!
(zu den Auroren, die nun hinter ihnen stehen)
Führt sie in die Zellen!

SCHNITT auf GRAVES, *der* TINA *nachschaut, während sie,* NEWT *und* JACOB *weggezerrt werden.*

NEWT
(schreiend, verzweifelt)
Tun Sie den Geschöpfen nichts. Nichts darin ist gefährlich. Bitte, tun Sie meinen Geschöpfen nichts. Sie sind nicht gefährlich … Bitte, sie sind nicht gefährlich! Sie sind nicht gefährlich!

61. SZENE
INN. MACUSA-ZELLE – TAG

NEWT, TINA *und* JACOB *sitzen in der Zelle,* NEWT *hat den Kopf in den Händen vergraben, er ist immer noch zutiefst verzweifelt wegen seiner Tierwesen. Schließlich bricht* TINA, *den Tränen nahe, das Schweigen.*

TINA

Ich bedaure sehr, was mit Ihren Geschöpfen geschehen ist. Von ganzem Herzen.

NEWT *schweigt.*

JACOB

(leise, zu TINA*)*

Könnte mir irgendjemand sagen, was ein Obscurial, Obscurius-Ding ist, bitte?

TINA

(auch leise)

Es gab seit Jahrhunderten keine mehr.

NEWT

Ich traf vor drei Monaten im Sudan auf einen. Früher gab es mehr von ihnen, aber sie existieren noch immer. Bevor wir Zauberer in den Untergrund gingen, als wir von den Muggeln noch ständig gejagt wurden, versuchten junge Zauberer und Hexen manchmal, ihre Magie zu unterdrücken, um der Verfolgung zu entgehen. Anstatt dass sie lernten,

ihre Kräfte zu zügeln oder zu
kontrollieren, entwickelten sie das,
was wir einen Obscurus nennen.

TINA
(den Blick von dem verwirrten JACOB *abgewandt)*
Eine instabile, unkontrollierbare
dunkle Macht, die sich Bahn
bricht und angreift ... und wieder
verschwindet ...

Während sie spricht, sieht man, wie bei ihr der Groschen fällt. Ein Obscurus passt zu allem, was sie über den Urheber der Anschläge in New York weiß.

TINA
(zu NEWT*)*
Obscuriale können aber nicht lange
überleben, richtig?

NEWT
Es gibt keinen dokumentierten Fall
eines Obscurials, das älter wurde als
zehn. Jenes in Afrika war acht, als
sie ... Sie war acht, als sie starb.

JACOB
Was wollen Sie damit sagen? Etwa, dass Senator Shaws Mörder ein – ein Kind war?

NEWTS *Gesicht sagt »ja«.*

<u>62. SZENE</u>
INN. KIRCHE DER ZWEITEN SALEMER, HAUPTRAUM – TAG – MONTAGE

MODESTY *geht zu dem langen Tisch, an dem zahlreiche Waisenkinder sitzen und hungrig essen.*

MODESTY
(fährt mit ihrem Gesang fort)
… meine Mama, deine Mama,
fliegen auf 'nem Besen.
Meine Mama, deine Mama,
bringen uns Verderben.

Meine Mama, deine Mama,
Hexen werden sterben!

MODESTY *sammelt ein paar Flugblätter von den Kindern vom Tisch auf.*

MODESTY
Hexe Nummer eins wird im Fluss
ertränkt.
Hexe Nummer zwei bekommt 'nen
Strick geschenkt.
Hexe Nummer drei, wir wollen sie
brennen sehen …

TIME CUT:

Die Kinder haben ihre Mahlzeit beendet, stehen mit den Flugblättern vom Tisch auf und gehen zur Tür.

CHASTITY
(ruft ihnen nach)
Verteilt all eure Flugblätter. Ich erfahr es, wenn ihr sie wegwerft. Und sagt mir, falls ihr etwas Verdächtiges seht.

NAHAUFNAHME von CREDENCE *– er wäscht die Teller ab, mustert die Kinder aber aufmerksam.*

MODESTY *folgt den letzten Kindern aus der Kirche.*

63. SZENE
AUSS. STRASSE VOR DER KIRCHE DER ZWEITEN SALEMER – TAG

MODESTY *steht mitten auf der belebten Straße. Sie wirft ihre Flugblätter hoch in die Luft und beobachtet entzückt, wie sie um sie herum zu Boden fallen.*

64. SZENE
INN. MACUSA-ZELLE/FLUR – TAG

Zwei VOLLSTRECKERINNEN *in weißen Kutten führen* NEWT *und* TINA *gefesselt in einen dunklen Keller hinunter, weg von der Zelle.*

NEWT *dreht sich noch einmal um.*

NEWT
(über die Schulter)
Es war schön, Ihre Bekanntschaft zu machen, Jacob. Und ich hoffe, Sie bekommen Ihre Bäckerei.

SCHNITT auf JACOB, *der verängstigt zurückbleibt und sich an die Gitterstäbe der Zelle klammert. Verzweifelt winkt er* NEWT *nach.*

<u>65. SZENE</u>
INN. VERHÖRRAUM – TAG

Ein kleiner kahler Raum mit schwarzen, fensterlosen Wänden.

GRAVES *sitzt* NEWT *an einem Verhörtisch gegenüber, vor ihm liegt ein aufgeschlagener Ordner.* NEWT *blinzelt in das grelle Licht, das ihm in die Augen scheint.*

TINA *steht dahinter, flankiert von den* VOLLSTRECKERINNEN.

GRAVES
Sie sind ein interessanter Mann,
Mr Scamander.

TINA
(tritt vor)
Mr Graves …

GRAVES *legt einen Finger auf die Lippen und bedeutet ihr, still zu sein. Die Geste ist herablassend und gebieterisch.* TINA *fügt sich und tritt zurück in den Schatten.*

GRAVES *betrachtet den Ordner vor sich.*

GRAVES
Von Hogwarts verwiesen wegen der Gefährdung von Menschenleben …

NEWT
Das war ein Unfall!

GRAVES
… durch ein Tierwesen. Und doch hat sich einer Ihrer Lehrer sehr gegen Ihren Ausschluss starkgemacht. Ich frage mich … Warum ist Albus Dumbledore Ihnen so zugetan?

NEWT
Das kann ich Ihnen nicht sagen.

GRAVES
Dass Sie eine Meute gefährlicher Tiere freigelassen haben, war nur ein weiterer Unfall? Ist das korrekt?

NEWT
Warum sollte ich das vorsätzlich tun?

GRAVES
Um die Zaubererschaft zu enthüllen. Um einen Krieg zwischen der magischen und der nichtmagischen Welt anzuzetteln.

NEWT
Massenhaftes Töten für ein größeres Wohl, meinen Sie?

GRAVES
Ja. Exakt.

NEWT
Ich bin keiner von Grindelwalds Fanatikern, Mr Graves.

Eine winzige Veränderung in GRAVES' *Gesicht verrät, dass* NEWT *einen Treffer gelandet hat.* GRAVES *schaut noch drohender.*

GRAVES
Ich frage mich, was Sie mir darüber sagen können, Mr Scamander.

Mit einer langsamen Handbewegung holt GRAVES *den Obscurus aus* NEWTS *Koffer. Er befördert ihn auf den Tisch, wo er pulsiert, wirbelt und zischt.*

NAHAUFNAHME von TINAS *ungläubigem Gesicht.*

GRAVES *greift mit der Hand nach dem Obscurus – er ist völlig fasziniert davon. Wegen dieser plötzlichen Annäherung wirbelt der Obscurus schneller, blubbert und weicht zurück.*

NEWT *dreht sich instinktiv zu* TINA. *Sie ist diejenige, die er überzeugen will, auch wenn er nicht genau weiß, warum.*

NEWT

Das ist ein Obscurus.

(den Blick abgewandt)

Aber es ist nicht so, wie Sie denken. Mir ist es gelungen, ihn von dem sudanesischen Mädchen zu trennen. Ich habe ihn mitgenommen, um ihn zu studieren.

(TINAS *entsetzten Blick meidend)*

Aber er kann im Freien nicht überleben, er kann niemandem etwas tun, Tina.

GRAVES

Dann ist er nutzlos ohne den Wirt?

NEWT

Nutzlos? Nutzlos? Das ist eine parasitäre magische Kraft, die ein Kind getötet hat. Wozu würden Sie die benutzen wollen?

NEWT, *der nun doch vor Wut kocht, starrt* GRAVES *an.* TINA *reagiert auf die Atmosphäre im Raum, indem sie auch zu* GRAVES *schaut – Sorge und Beklommenheit zeigen sich auf ihrem Gesicht.*

GRAVES *steht auf, er ignoriert die Fragen und lenkt die Schuld wieder auf* NEWT.

GRAVES

Sie können mir nichts vormachen, Mr Scamander. Sie haben diesen Obscurus nach New York gebracht, um einen Aufruhr anzustiften, das Geheimhaltungsstatut zu brechen und die Welt der Zauberei zu enthüllen …

NEWT

Sie wissen, dass er keinem etwas tun kann – das wissen Sie!

GRAVES

… deshalb verurteile ich Sie wegen des Hochverrats an Ihren Zaubererkollegen zum Tode. Miss Goldstein, die Ihnen Beihilfe geleistet hat …

NEWT

Nein, sie hat nichts dergleichen getan –

GRAVES
… wird die gleiche Strafe erhalten.

Die beiden VOLLSTRECKERINNEN *treten vor. Ruhig und brutal bohren sie* NEWT *und* TINA *die Spitzen ihrer Zauberstäbe in den Hals.*

TINA *ist so überwältigt von Schock und Angst, dass sie kaum sprechen kann.*

GRAVES
(zu den VOLLSTRECKERINNEN*)*
Vollstrecken Sie das Urteil auf der Stelle. Ich informiere Präsidentin Picquery persönlich.

NEWT
Tina.

Wieder legt GRAVES *den Finger auf die Lippen.*

GRAVES
Schh.
(winkt den VOLLSTRECKERINNEN*)*
Bitte.

66. SZENE
INN. SCHÄBIGER BESPRECHUNGSRAUM IM KELLER – TAG

QUEENIE *trägt ein Tablett mit Kaffee und Tassen zu einem Besprechungstisch.*

Auf einmal erstarrt sie und reißt entsetzt die Augen auf. Sie lässt das Tablett fallen – die Tassen zerbrechen klirrend auf dem Boden.

Eine Gruppe MACUSA-*Funktionäre von niedrigem Rang drehen sich am Tisch zu ihr um.* QUEENIE *starrt sie an, sie ist wie gelähmt, dann rennt sie durch den Flur davon.*

67. SZENE
INN. GANG ZUR TODESZELLE – TAG

Ein langer, schwarzer, eiserner Gang führt in eine völlig weiße Zelle, wo ein Stuhl steht, der mittels Zauberkraft über einem viereckigen Becken schwebt. Eine verzauberte Flüssigkeit kräuselt sich darin.

NEWT *und* TINA *werden von den* VOLLSTRECKERINNEN *in diesen Raum gezwungen. Ein Wächter steht an der Tür.*

TINA
(zu VOLLSTRECKERIN 1*)*
Tu das nicht, Bernadette. Bitte –

VOLLSTRECKERIN 1
Es tut nicht weh.

TINA *wird zum Rand des Beckens geführt. Sie gerät in Panik, ihr Atem geht schwer und stockend.*

Die lächelnde VOLLSTRECKERIN 1 *hebt einen Zauberstab und zieht* TINA *sorgfältig die glücklichen Erinnerungen aus dem Kopf.* TINA *wird sofort ruhig – ihr Gesichtsausdruck ist jetzt leer, entrückt.*

VOLLSTRECKERIN 1 *wirft die Erinnerungen in die Zauberflüssigkeit, die Wellen schlägt und Szenen aus* TINAS *Leben lebendig werden lässt.*

Die junge TINA *lächelt, als ihre Mutter sie ruft.*

TINAS MUTTER *(V.O.)*
Tina.

TINA
Mama?

TINAS MUTTER *(V.O.)*
Tina … Tina … Komm, Zaubermaus, Zeit, ins Bett zu gehen. Bist du so weit?

TINAS MUTTER *erscheint in dem Becken, ihr Gesicht ist liebevoll und gütig. Die echte* TINA *schaut lächelnd auf sie hinab.*

VOLLSTRECKERIN 1
Sieht das nicht schön aus? Willst du hinein? Hm?

TINA *nickt ausdruckslos.*

<u>68. SZENE</u>
INN. MACUSA, EINGANGSHALLE – TAG

QUEENIE *steht in der überfüllten Eingangshalle. Der Fahrstuhl klingelt.*

SCHNITT auf die Fahrstuhltüren, die sich öffnen. JACOB *erscheint, der von* SAM*, dem Obliviator, begleitet wird.*

Entschlossen hastet QUEENIE *auf die beiden zu.*

QUEENIE
Hey, Sam!

SAM

Hallo, Queenie.

QUEENIE

Du wirst unten gebraucht. Ich werde ihn obliviieren.

SAM

Dazu bist du nicht qualifiziert.

Mit grimmiger Miene liest QUEENIE *seine Gedanken.*

QUEENIE

Du, Sam, weiß Cecily, dass du dich mit Ruby triffst?

SCHNITT auf RUBY, *eine MACUSA-Hexe, die ein Stück entfernt steht. Sie lächelt* SAM *zu.*

SCHNITT auf QUEENIE *und* SAM – SAM *sieht nervös aus.*

SAM

(entsetzt)

Woher weißt du …?

QUEENIE

Lass mich ihn obliviieren und sie erfährt kein Wort von mir.

Verwirrt weicht SAM *zurück.* QUEENIE *packt* JACOB *am Arm und führt ihn durch die riesige Eingangshalle davon.*

JACOB

Was haben Sie vor?

QUEENIE

Schhh. Teen sitzt in der Klemme, ich versuch ihr zuzuhören …

(sie liest TINAS *Gedanken)*

Jacob, wo ist Newts Koffer?

JACOB

Ich glaub, dieser Graves hat ihn mitgenommen.

QUEENIE

Okay, kommen Sie mit!

JACOB

Wieso? Wollen Sie mich nicht obliviieren?

QUEENIE

Natürlich nicht. Sie sind doch jetzt einer von uns!

QUEENIE *rennt mit ihm zur Haupttreppe.*

69. SZENE
INN. TODESZELLE – TAG

TINA *sitzt auf dem Hinrichtungsstuhl. Sie schaut nach unten: Unter ihr wabern glückliche Bilder von ihrer Familie, ihren Eltern, einer jungen* QUEENIE.

ERINNERUNG:

Wir tauchen in das Becken und folgen einer von TINAS *Erinnerungen:* TINA *geht in die Kirche der Zweiten Salemer hinein und die Treppe hoch. Sie sieht, wie sich* MARY LOU *mit dem Gürtel in der Hand über den verängstigten* CREDENCE *beugt. Wutentbrannt lässt* TINA *einen Zauber los, der* MARY LOU *von ihm wegschleudert.* TINA *geht auf* CREDENCE *zu und tröstet ihn.*

TINA

Ist schon gut.

SCHNITT *auf die echte* TINA *– sie starrt immer noch mit einem wehmütigen Lächeln in das Becken.*

SCHNITT *auf* NEWT, *der kurz auf seinen Arm schaut –* PICKETT *klettert leise und flink zu den Fesseln an* NEWTS *Handgelenken.*

70. SZENE
INN. FLUR VOR GRAVES' BÜRO – TAG

SCHNITT auf die Tür zu GRAVES' *Büro.*

QUEENIE *(O.S.)*
Alohomora.

Wir sehen QUEENIE *und* JACOB, *die hilflos vor* GRAVES' *Büro stehen.* QUEENIE *versucht verzweifelt, die Tür zu öffnen.*

QUEENIE
Aberto ...

Die Tür bleibt verschlossen.

QUEENIE
(frustriert)
War ja klar, dass er sein Büro mit 'nem besonderen Spruch sichert.

71. SZENE
INN. TODESZELLE – TAG

Zurück zu PICKETT, *der die Fesseln an* NEWTS *Handgelenken geöffnet und nun flink auf den Mantel von* VOLLSTRECKERIN 2 *klettert.*

VOLLSTRECKERIN 2
(*zu* NEWT)
So, dann wollen wir mal die guten Sachen aus dir rausholen.

VOLLSTRECKERIN 2 *richtet ihren Zauberstab auf* NEWTS *Stirn.* NEWT *nutzt die Gelegenheit – er springt rückwärts weg, zieht den bösen Sturzfalter heraus und schleudert ihn in Richtung Becken. Dann dreht er sich rasch um und setzt den Wachmann mit einem Faustschlag außer Gefecht.*

Der böse Sturzfalter hat sich nun zu einem riesigen, unheimlichen, aber seltsam schönen schmetterlingsartigen Reptil mit knochigen Flügeln entfaltet. Er fängt an, im Kreis um das Becken herumzufliegen.

PICKETT *klettert auf den Arm von* VOLLSTRECKERIN 2 *und beißt zu, er erschreckt sie damit und lenkt sie ab. Das gibt* NEWT *genug Zeit, ihre Arme zu packen und mit ihrem Zauberstab zu zielen. Ein Zauber wird abgefeuert und trifft* VOLLSTRECKERIN 1, *die zu Boden stürzt und ihren Stab in das Becken fallen lässt. Sogleich steigen zähflüssige schwarze Blasen auf, die den Zauberstab im Nu verschlingen.*

Daraufhin verwandeln sich TINAS *gute Erinnerungen in schlechte: Wir sehen* MARY LOU, *die angriffslustig auf* TINA *zeigt.*

MARY LOU

Hexe!

TINA, *die immer noch von dem Becken verzaubert ist, wirkt zusehends verängstigt. Ihr Stuhl senkt sich tiefer und tiefer zu der Flüssigkeit hinab.*

Der böse Sturzfalter gleitet durch den Raum und stößt VOLLSTRECKERIN 2 *zu Boden.*

72. SZENE
INN. FLUR VOR GRAVES' BÜRO – TAG

Nachdem JACOB *sich kurz umgesehen hat, versetzt er der Tür einen kräftigen Tritt. Sie fliegt auf.* JACOB *steht Wache, während* QUEENIE *hineinrennt und* NEWTS *Koffer und* TINAS *Zauberstab holt.*

73. SZENE
INN. TODESZELLE – TAG

TINA *wird aus ihren Träumen gerissen und schreit.*

TINA
MR SCAMANDER!

Die Flüssigkeit hat sich in ein schwarzes, blubberndes Todeselixier verwandelt. Es wallt auf und wogt um TINA *und ihren Stuhl herum.* TINA *steht auf, um ihm zu entkommen, und stürzt in ihrer Eile fast hinab. Verzweifelt versucht sie, das Gleichgewicht wiederzufinden.*

NEWT
NICHT IN PANIK VERFALLEN!

TINA
WAS, SCHLAGEN SIE VOR, SOLL ICH STATTDESSEN TUN?

NEWT *gibt einen merkwürdigen Zischlaut von sich und befiehlt damit dem bösen Sturzfalter, noch einmal um das Becken zu kreisen.*

NEWT
Springen Sie!

TINA *schaut den bösen Sturzfalter an – ängstlich, ungläubig.*

TINA
SIND SIE VERRÜCKT?

NEWT
Springen Sie auf ihn drauf.

NEWT *steht am Rand des Beckens und beobachtet, wie der böse Sturzfalter seine Runden um* TINA *dreht.*

NEWT
Tina, hören Sie mir zu. Ich fange Sie auf. Tina!

Die beiden schauen sich tief in die Augen, NEWT *versucht, ihr Mut zu machen …*

Die Wellen der Flüssigkeit wogen nun so hoch auf, dass TINA *fast dahinter verschwindet – sie kann* NEWT *kaum mehr sehen.*

NEWT
(beharrlich, ganz ruhig)
Ich fange Sie auf. Vertrauen Sie mir, Tina …

Auf einmal schreit NEWT.

NEWT
Jetzt!

TINA *springt genau in dem Moment zwischen zwei Wellen hindurch, als der böse Sturzfalter vorbeifliegt. Sie landet auf seinem Rücken, nur Zentimeter von der aufbrandenden Flüssigkeit entfernt, und macht dann einen weiteren Satz direkt in* NEWTS *ausgestreckte Arme.*

Für einen Sekundenbruchteil schauen sich NEWT *und* TINA *an, dann hebt* NEWT *die Hand und ruft den bösen Sturzfalter zurück, der sich wieder zu einem Kokon zusammenwickelt.*

NEWT *packt* TINAS *Hand und rennt mit ihr zum Ausgang.*

NEWT

Kommen Sie!

<u>74. SZENE</u>
INN. GANG ZUR TODESZELLE – TAG

QUEENIE *und* JACOB *marschieren zielstrebig den Gang entlang.*

In der Ferne fängt eine Alarmglocke an zu läuten – andere Zauberer rennen in der entgegengesetzten Richtung an ihnen vorbei.

75. SZENE
INN. MACUSA, EINGANGSHALLE – MINUTEN SPÄTER – TAG

Die Alarmglocke schrillt durch die Eingangshalle.

Unter den MACUSA-Angestellten herrscht Verwirrung – die Leute scharen sich in Gruppen zusammen und unterhalten sich nervös, andere hasten ängstlich vorbei.

Eine Truppe von Auroren stürmt durch die Halle und rennt direkt zur Treppe, die in den Keller hinunterführt.

76. SZENE
INN. GANG ZUR TODESZELLE / KELLERGANG – TAG

NEWT *und* TINA *eilen Hand in Hand durch die Kellergänge. Als ihnen plötzlich die Aurorentruppe entgegenkommt, machen sie kehrt und huschen hinter die Säulen, so dass sie in letzter Sekunde den abgefeuerten Flüchen und Zaubern entgehen.*

NEWT *schickt erneut den bösen Sturzfalter los, der über ihnen herumwirbelt, zwischen den Pfeilern hin und her flitzt, Flüche abwehrt und Auroren zu Boden wirft.*

SCHNITT auf den bösen Sturzfalter, der mit seinem Saugrüssel im Ohr eines Auroren herumstochert.

NEWT
(mit einem Pfiff)
WEG VON SEINEM GEHIRN!
Komm her! Komm her!

TINA *und* NEWT *rennen weiter, der böse Sturzfalter fliegt ihnen hinterher und blockt die Flüche ab.*

TINA
Was ist das für ein Ding?

NEWT
Ein böser Sturzfalter.

TINA
Den find ich toll!

SCHNITT auf QUEENIE *und* JACOB, *die hastig durch den Keller laufen.* NEWT *und* TINA *rennen um eine Ecke und stoßen fast mit ihnen zusammen. Die vier schauen sich an, alle voller Panik.*

Schließlich deutet QUEENIE *auf den Koffer.*

QUEENIE
Rein da!

77. SZENE
INN. TREPPE ZU DEN ZELLEN – WENIG SPÄTER – TAG

GRAVES *läuft eilig die Stufen hinunter. Zum ersten Mal wirkt er panisch.*

78. SZENE
INN. MACUSA, EINGANGSHALLE – MINUTEN SPÄTER – TAG

QUEENIE *geht mit schnellen Schritten durch den Eingangsbereich. Sie versucht verzweifelt, in ihrer Eile nicht verdächtig zu wirken, doch sie weiß, dass sie dringend hier wegmuss. Ein aufgeregter* ABERNATHY *taucht aus einer Gruppe von Zauberern auf.*

ABERNATHY
Queenie!

QUEENIE, *die gerade die Treppe zum Ausgang hinuntergehen will, dreht sich um und sammelt sich.* ABERNATHY *kommt auf sie zu, rückt seine Krawatte zurecht und bemüht sich, beherrscht und autoritär zu wirken –* QUEENIE *macht ihn sichtlich nervös.*

ABERNATHY
(mit einem breiten Lächeln)
Wo wollen Sie denn hin?

QUEENIE *setzt eine verführerische Unschuldsmiene auf und versteckt den Koffer hinter ihrem Rücken.*

QUEENIE
Ich … äh, ich bin krank,
Mr Abernathy.

Sie hustet leicht und sieht ihn mit großen Augen an.

ABERNATHY
Schon wieder? Oh, und was ist da
drin?

Kurze Pause.

QUEENIE *überlegt rasch, dann zeigt sich ein atemberaubendes Lächeln auf ihrem Gesicht.*

QUEENIE
Frauenzeugs.

QUEENIE *zieht den Koffer hervor und geht unschuldig die paar Stufen zu* ABERNATHY *hinauf.*

QUEENIE
Möchten Sie einen Blick hineinwerfen?

ABERNATHY *windet sich vor Verlegenheit.*

ABERNATHY
(schluckt schwer)
Oh, Gott bewahre, nein! Ich, äh … ich wünsche gute Besserung!

QUEENIE
(lächelt zuckersüß und rückt ihm die Krawatte zurecht)
Danke!

QUEENIE *dreht sich sofort um und eilt die Treppe hinunter.* ABERNATHY *bleibt mit klopfendem Herzen zurück und schaut ihr nach.*

<u>79. SZENE</u>
**AUSS. STRASSEN VON NEW YORK –
SPÄTER NACHMITTAG**

TOTALE VON OBEN auf New York. Wir sausen über Dächer hinweg, bevor wir in die Straßen und Gassen eintauchen, an schnell fahrenden Autos und lachenden Kindern vorbei.

Wir kommen in einer Gasse bei der Kirche der Zweiten Salemer zur Ruhe, wo CREDENCE *gerade Plakate aufhängt, die für* MARY LOUS *nächste Versammlung werben.*

GRAVES *appariert in der Gasse.* CREDENCE *weicht erschrocken zurück, aber* GRAVES *geht direkt auf ihn zu, seine Stimme und sein Benehmen sind eindringlich und energisch.*

GRAVES

Credence, hast du das Kind gefunden?

CREDENCE

Ich kann nicht.

GRAVES *streckt ungeduldig, aber Gelassenheit vortäuschend, die Hand aus – er wirkt auf einmal fürsorglich und liebevoll.*

GRAVES

Zeig's mir.

CREDENCE *duckt sich wimmernd und weicht fast noch weiter zurück.* GRAVES *nimmt sanft* CREDENCE' *Hand und untersucht sie – die Handfläche ist übersät mit tiefen roten Striemen, wund und blutig.*

GRAVES

Schh … Mein Junge, je schneller wir dieses Kind finden, desto eher kannst du den Schmerz hinter dir lassen.

GRAVES *streicht sanft, fast verführerisch mit dem Daumen über die Striemen und lässt sie heilen.* CREDENCE *schaut ungläubig.*

GRAVES *scheint einen Entschluss zu fassen. Er setzt eine ernste, aufrichtige Miene auf und zieht eine Kette aus seiner Tasche mit dem Symbol für die Heiligtümer des Todes.*

GRAVES
Ich möchte dir etwas geben, Credence. Ich würde es nur sehr wenigen anvertrauen …

GRAVES *tritt näher, legt die Kette um* CREDENCE' *Hals und flüstert.*

GRAVES
Sehr wenigen.

GRAVES *legt die Hände um* CREDENCE' *Gesicht und zieht ihn an sich. Er spricht leise, vertraulich.*

GRAVES
Aber du … du bist anders.

CREDENCE *ist unsicher,* GRAVES' *Benehmen macht ihn nervös und zieht ihn gleichzeitig an.*

GRAVES *legt die Hand auf* CREDENCE' *Herz und bedeckt den Anhänger.*

GRAVES
Wenn du das Kind findest, berühr dieses Symbol, dann komme ich auf der Stelle zu dir.

GRAVES *rückt noch näher an* CREDENCE *heran, sein Gesicht nur Zentimeter vom Hals des Jungen entfernt – die Geste wirkt berückend und bedrohlich zugleich –, und er flüstert.*

GRAVES

Finde es, und die gesamte Zauberer-
schaft wird dich auf ewig in Ehren
halten.

GRAVES *zieht* CREDENCE *in eine Umarmung, die eher kontrollierend als liebevoll wirkt, seine Hand liegt in* CREDENCE' *Nacken.* CREDENCE, *der von der scheinbaren Zuneigung überwältigt ist, schließt die Augen und entspannt sich ein wenig.*

GRAVES *weicht langsam zurück und streichelt dabei* CREDENCE' *Nacken.* CREDENCE *hält die Augen geschlossen, er sehnt sich danach, dass dieser menschliche Kontakt nicht aufhört.*

GRAVES
(flüstert)

Das Kind stirbt, Credence. Die Zeit
läuft uns davon.

Abrupt marschiert GRAVES *durch die Gasse davon und disappariert.*

80. SZENE
AUSS. DACH MIT TAUBENSCHLAG – ABEND

Ein Dach mit Aussicht über die ganze Stadt. In der Mitte befindet sich eine kleine Holzhütte mit einem Taubenschlag.

NEWT *tritt auf einen Sims und schaut über die riesige Stadt.* PICKETT *sitzt schnarrend auf seiner Schulter.*

JACOB *ist in der Hütte und betrachtet den Taubenschlag, als* QUEENIE *hereinkommt.*

QUEENIE
Ihr Großvater hat Tauben gehalten? Meiner hat Eulen gezüchtet. Ich hab es geliebt, sie zu füttern.

SCHNITT auf NEWT *und* TINA. TINA *hat sich neben* NEWT *auf den Sims gestellt.*

TINA
Für Graves stand immer fest, die Störungen werden von einem Tierwesen verursacht. Wir müssen Ihre restlichen Geschöpfe fangen, damit sie ihm nicht mehr als Sündenbock dienen können.

NEWT
Inzwischen fehlt nur noch eines. Dougal, mein Demiguise.

TINA

Dougal?

NEWT

Ja, es gibt da nur ein kleines
Problem … er ist unsichtbar.

TINA

(das ist so lächerlich, dass sie gegen ihren Willen lächeln muss)

Unsichtbar?

NEWT

Ja. Die meiste Zeit jedenfalls. Er ist …
ähm …

TINA

Wie fängt man etwas, das –

NEWT

(fängt an zu lächeln)

Es ist überaus mühselig.

TINA

Oh …

Sie lächeln sich an – da ist eine neue Wärme zwischen ihnen. NEWT *ist immer noch verlegen, kann aber den Blick nicht von der lächelnden* TINA *abwenden.*

TINA *geht langsam auf* NEWT *zu.*

Kurze Pause.

TINA

Gnarlak!

NEWT

(verblüfft)

Äh, wie bitte?

TINA

(verschwörerisch, aufgeregt)

Gnarlak – er war ein Informant von mir, als ich noch Auror war. Er hat nebenher Handel mit magischen Geschöpfen getrieben.

NEWT

Er interessiert sich nicht zufällig auch für Pfotenabdrücke?

TINA

Er interessiert sich für alles, was er verkaufen kann.

81. SZENE
AUSS. ZUM BLINDEN SCHWEIN – NACHT

TINA *führt die Gruppe durch eine schmutzige Gasse mit Mülleimern, Kisten und Unrat. Sie findet eine Treppe, die in eine Kellerwohnung führt, und winkt die anderen hinunter.*

Die Stufen scheinen in eine Sackgasse zu führen: Die Türöffnung wurde zugemauert. Stattdessen hängt dort ein Plakat mit einer albern lächelnden Ball-Debütantin im Abendkleid, die sich selbst im Spiegel betrachtet.

TINA *und* QUEENIE *stehen vor diesem Plakat. Sie wenden sich einander zu und heben gleichzeitig ihre Zauberstäbe. Daraufhin verwandelt sich ihre Alltagsgarderobe in bezaubernde Abendkleidung der 1920er-Jahre.* TINA *schaut zu* NEWT *auf, etwas verlegen wegen ihres neuen Aufzugs.* QUEENIE *sieht* JACOB *mit einem kessen Lächeln an.*

TINA *tritt zu dem Plakat und hebt langsam die Hand. Die Augen der Debütantin gehen hin und her und folgen jeder ihrer Bewegungen.* TINA *klopft vier Mal an die Tür.*

NEWT *spürt, dass er sich auch umziehen sollte, und zaubert sich schnell eine kleine Fliege, eifersüchtig beobachtet von* JACOB.

Ein schmaler Schlitz öffnet sich: Die aufgemalten Augen der Debütantin werden weggerissen und enthüllen den misstrauischen Blick eines Türstehers.

82. SZENE
INN. ZUM BLINDEN SCHWEIN – NACHT

Eine zwielichtige enge Spelunke für den Abschaum der Zauberergemeinschaft von New York. Sämtliche kriminellen Hexen und Zauberer der Stadt sind hier versammelt, ihre Steckbriefe prangen stolz an den Wänden. Ein kurzer Blick auf »GELLERT GRINDELWALD: GESUCHT WEGEN MORDES AN NO-MAJS IN EUROPA«.

*Eine glamouröse Kobold-*JAZZSÄNGERIN *singt mit sanfter Stimme auf einer Bühne voller Kobold-Musiker. Rauchbilder steigen von ihrem Zauberstab auf und untermalen ihre Musik. Alles ist heruntergekommen und schäbig und verströmt eine Atmosphäre verruchter Vergnügungen.*

JAZZSÄNGERIN
… als der Drache ihm stahl sein
Mädchen.
Auch der Billywig vergaß das
Drehen,
als sein Schatz ihn stehen
ließ.
Das Einhorn, es – verlor sein
Horn,
auch der Hippogreif war
verloren,
weil die Frauen …

JACOB *steht an der scheinbar unbesetzten Bar und wartet darauf, bedient zu werden.*

JACOB

Wie kriegt man in diesem Schuppen was zu trinken?

Aus dem Nichts saust eine dünne Flasche mit brauner Flüssigkeit auf ihn zu. Verdutzt fängt er sie auf.

Der Kopf eines HAUSELFEN *linst hinter der Theke zu ihm hinauf.*

HAUSELF

Was ist? Noch nie einen Hauselfen gesehen?

JACOB

Doch, na ja, doch, natürlich. Schon oft. Ich liebe Hauselfen.

JACOB *gibt sich betont lässig und zieht den Korken aus der Flasche.*

JACOB

Mein Onkel ist ein Hauself.

Der HAUSELF *– er lässt sich nicht täuschen – zieht sich hoch, lehnt sich über die Bar und starrt* JACOB *böse an.*

QUEENIE *kommt näher. Mit gesenktem Blick gibt sie ihre Bestellung auf.*

QUEENIE
Sechs Gläser Giggelwasser und einen Schädelspalter, bitte.

Der HAUSELF *zaubert die Sachen herbei.* JACOB *und* QUEENIE *schauen sich an.* JACOB *nimmt eines der Schnapsgläser mit Giggelwasser.*

QUEENIE
Sind alle No-Majs wie Sie?

JACOB
(versucht, ernsthaft zu sein, fast verführerisch)
Nein, ich bin der Einzige, der so ist wie ich.

Ohne den Blick von QUEENIE *abzuwenden, kippt* JACOB *den Schnaps hinunter. Auf einmal stößt er ein heiseres, schrilles Kichern aus.* QUEENIE *lacht herzlich über sein überraschtes Gesicht.*

SCHNITT auf den HAUSELFEN, *der einen Riesen bedient, in dessen Hand das Glas winzig aussieht.*

SCHNITT auf NEWT *und* TINA, *die allein an einem Tisch sitzen. Beide schweigen verlegen.* NEWT *mustert die Gestalten im Raum: Hexen und Zauberer mit vernarbten Gesichtern und Kapuzen über dem Kopf spielen bei einem Spiel mit Runenwürfeln um magische Artefakte.*

TINA

(sieht sich um)

Ich habe die Hälfte der Leute hier schon verhaftet.

NEWT

Sagen Sie mir, wenn es mich nichts angeht … aber ich habe vorhin etwas in diesem Todesbecken gesehen. Ich sah, wie Sie diesen Jungen von den Zweiten Salemern umarmt haben.

TINA

Sein Name ist Credence. Seine Mutter schlägt ihn. Sie schlägt alle Kinder, die sie adoptiert hat, aber ihn hasst sie offenbar am meisten.

NEWT

(begreift)

War sie es, die von Ihnen angegriffen wurde?

TINA

Deshalb bin ich versetzt worden. Ich bin während einer ihrer Versammlungen auf sie losgegangen. Sie mussten alle obliviiert werden. Es war ein großer Skandal.

QUEENIE *gibt ihr über den Raum hinweg ein Zeichen.*

QUEENIE
(flüsternd)
Das ist er.

GNARLAK *ist aus den Tiefen der Spelunke aufgetaucht. Er ist für einen Kobold elegant gekleidet, hat eine Zigarre im Mund und zeigt das hinterhältige, aalglatte Auftreten eines Mafiabosses. Während er auf sie zugeht, mustert er die Neuankömmlinge.*

JAZZSÄNGERIN *(O.S.)*
Denn Liebe macht alle verrückt.

GNARLAK *setzt sich ans Ende ihres Tisches, er verströmt eine Aura des Selbstvertrauens und der Gefahr. Ein* HAUSELF *bringt ihm eilig einen Drink.*

GNARLAK
So, Sie sind also der Mann mit dem Koffer voller Monster, hä?

NEWT
Das spricht sich ja schnell herum. Ich hatte gehofft, dass Sie vielleicht wissen, ob irgendetwas gesichtet wurde. Spuren oder dergleichen.

GNARLAK *stürzt den Drink hinunter. Ein anderer* HAUSELF *bringt ihm ein Dokument zum Unterschreiben.*

GNARLAK

Es ist 'ne hübsche Summe auf Ihren Kopf ausgesetzt, Mr Scamander. Warum sollte ich Ihnen helfen? Anstatt Sie einfach auszuliefern?

NEWT

Ich muss wohl dafür sorgen, dass es sich für Sie lohnt?

Der HAUSELF *trippelt rasch davon, das unterzeichnete Dokument in der Hand.*

GNARLAK

Sehen Sie es einfach als Eintrittsgeld an.

NEWT *zieht ein paar Galleonen hervor und schiebt sie über den Tisch zu* GNARLAK, *der kaum aufsieht.*

GNARLAK

(wenig beeindruckt)

Der MACUSA bietet weit mehr als das.

Kurze Pause.

NEWT *zieht ein wunderschönes metallenes Instrument hervor und legt es auf den Tisch.*

GNARLAK
Ein Lunaskop? Davon hab ich fünf.

NEWT *sucht in seiner Manteltasche und holt ein leuchtendes, gefrorenes rotes Ei hervor.*

NEWT
Ein gefrorenes Aschwinderinnen-Ei.

GNARLAK
(endlich interessiert)
Na, da kommen wir der Sache …

GNARLAK *entdeckt plötzlich* PICKETT*, der aus* NEWTS *Tasche späht.*

GNARLAK
Augenblick mal. Das ist ein
Bowtruckle, nicht wahr?

PICKETT *zieht sich rasch zurück und* NEWT *legt schützend die Hand auf seine Tasche.*

NEWT

Nein.

GNARLAK

Ach, kommen Sie … Die können Schlösser knacken, nicht wahr?

NEWT

Den können Sie leider nicht haben.

GNARLAK

Tja, dann viel Glück bei Ihrer Heimreise, Mr Scamander, mit dem gesamten MACUSA im Nacken.

GNARLAK *steht auf und geht davon.*

NEWT

(gequält)

Na schön.

GNARLAK, *der* NEWT *den Rücken zukehrt, lächelt böse.*

NEWT *zieht* PICKETT *aus seiner Tasche.* PICKETT *klammert sich wild schnarrend und wimmernd an* NEWTS *Hand.*

NEWT

Pickett …

Zögernd übergibt NEWT GNARLAK *den Bowtruckle.* PICKETT *streckt die kleinen Ärmchen aus und fleht* NEWT *an, ihn zurückzunehmen.* NEWT *kann ihn nicht ansehen.*

GNARLAK

Oh …

(*zu* NEWT)

Irgendetwas Unsichtbares hat für Aufregung an der Fifth Avenue gesorgt. Schauen Sie doch mal bei Macy's Warenhaus vorbei, die haben vielleicht, wonach Sie suchen.

NEWT

(*leise*)

Dougal …

(*zu* GNARLAK)

Nur noch eines. Beim MACUSA arbeitet ein gewisser Mr Graves. Wissen Sie etwas über seine Vorgeschichte?

GNARLAK *starrt ihn an. Das Gefühl, dass er eine Menge dazu sagen könnte – und dass er lieber sterben würde, als das zu tun.*

GNARLAK
Sie stellen ziemlich viele Fragen, Mr Scamander. Die kosten Sie am Ende noch das Leben.

SCHNITT auf einen HAUSELFEN, *der eine Kiste mit Flaschen trägt.*

HAUSELF
MACUSA IM ANMARSCH!

Der HAUSELF *disappariert. Andere Gäste in der Bar tun es ihm eilig nach.*

TINA
(steht auf)
Sie haben uns verraten!

GNARLAK *antwortet nur mit einem gemeinen Kichern.*

Hinter QUEENIE *zeigen die Steckbriefe an der Wand auf einmal alle* NEWTS *und* TINAS *Gesicht.*

Auroren apparieren nacheinander in der Spelunke.

JACOB *geht scheinbar unschuldig auf* GNARLAK *zu.*

JACOB
Verzeihung, Mr Gnarlak …

Er schlägt GNARLAK *mit der Faust ins Gesicht, so dass er nach hinten umkippt.* QUEENIE *ist begeistert.*

JACOB
Der erinnert mich an meinen Vorarbeiter.

Überall in der Bar werden Gäste von den Auroren verhaftet.

NEWT *kriecht am Boden und sucht nach* PICKETT. *Um ihn herum rennen Leute, auf der Flucht vor den Auroren, und versuchen, aus der Bar zu entkommen. Endlich entdeckt* NEWT PICKETT *an einem Tischbein, er nimmt ihn und rennt zu den anderen.*

JACOB *nimmt noch ein Glas mit Giggelwasser und kippt es hinunter. Er kichert lauthals, als* NEWT *ihn am Ellbogen packt und die Gruppe disappariert.*

83. SZENE
INN. KIRCHE DER ZWEITEN SALEMER – NACHT

Der lange Raum wird nur von zwei Lampen schwach erhellt. Es ist fast ganz still.

CHASTITY *sitzt sittsam an dem langen Tisch in der Mitte der Kirche. Sie legt die Flugblätter akkurat hin und verstaut sie in kleinen Taschen.*

MODESTY *sitzt ihr im Nachthemd gegenüber und liest ein Buch. Weiter hinten macht sich* MARY LOU *in ihrem Schlafzimmer zu schaffen.*

MODESTY *ist die Einzige, die das leise dumpfe Geräusch oben hört.*

84. SZENE
INN. MODESTYS ZIMMER – NACHT

Ein trostloses Zimmer. Ein schmales Bett, eine Öllampe, eine Stickerei an der Wand mit einem Alphabet der Sünden. MODESTYS *Puppen sitzen aufgereiht auf einem Bord, eine hat eine kleine Schlinge um den Hals, eine andere ist an einen Pfahl gefesselt.*

CREDENCE *kriecht unter* MODESTYS *Bett. Er schaut sich unter den Schachteln und Gegenständen um, die dort versteckt sind, dann hält er plötzlich inne ...*

<u>85. SZENE</u>
INN. KIRCHE DER ZWEITEN SALEMER – NACHT

MODESTY *steht am Fuß der Treppe und schaut nach oben. Sie geht langsam hinauf.*

<u>86. SZENE</u>
INN. MODESTYS ZIMMER – NACHT

SCHNITT auf CREDENCE' *Gesicht unter dem Bett –* CREDENCE *hat einen Spielzeugzauberstab gefunden. Er starrt ihn an, unfähig, den Blick davon zu lösen.*

Hinter ihm kommt MODESTY *herein.*

MODESTY
Was machst du da, Credence?

In seiner Hast, unter dem Bett hervorzukommen, stößt CREDENCE *sich am Kopf. Staubig und verängstigt taucht er auf. Er ist erleichtert, weil es nur* MODESTY *ist, doch sie bekommt beim Anblick des Zauberstabs große Angst.*

CREDENCE
Wo hast du den her?

MODESTY
(erschrocken flüsternd)
Gib ihn mir zurück, Credence! Das ist nur ein Spielzeug.

Die Tür kracht auf. MARY LOU *kommt herein. Ihr Blick wandert von* MODESTY *zu* CREDENCE *und zu dem Spielzeugzauberstab – sie ist wütender, als wir sie je erlebt haben.*

MARY LOU
(zu CREDENCE*)*
Was ist das?

87. SZENE
INN. KIRCHE DER ZWEITEN SALEMER – NACHT

FESTE EINSTELLUNG auf CHASTITY, *die immer noch Taschen mit Flugblättern füllt.*

MARY LOU *(O.S.)*
Nimm ihn ab!

CHASTITY *schaut zum Treppenabsatz hinauf.*

88. SZENE
INN. KIRCHE DER ZWEITEN SALEMER, OBERES STOCKWERK – NACHT

MARY LOU *steht auf der Galerie über dem Hauptraum der Kirche. Von unten wirkt ihre Gestalt machtvoll, fast göttinnenhaft.*

MARY LOU *dreht sich zu* CREDENCE *und bricht den Zauberstab langsam und mit hasserfülltem Gesicht entzwei.*

MODESTY *duckt sich, während* CREDENCE *beginnt, seinen Gürtel aus der Hose zu ziehen.* MARY LOU *streckt die Hand aus und nimmt ihn entgegen.*

CREDENCE
(flehend)
Ma …

MARY LOU
Ich bin nicht deine Ma! Deine Mutter war eine boshafte, widernatürliche Frau.

MODESTY *drängt sich zwischen sie.*

MODESTY
Es war meiner.

MARY LOU
Modesty –

Plötzlich wird MARY LOU *der Gürtel durch eine übernatürliche Macht aus den Händen gerissen und er landet wie eine tote Schlange in der Ecke.* MARY LOU *sieht auf ihre Hand – sie trägt von dem starken Ruck eine blutende Schnittwunde.*

Fassungslos schaut MARY LOU *zwischen* MODESTY *und* CREDENCE *hin und her.*

MARY LOU
(ängstlich, aber bemüht, es zu verbergen)
Was ist das?

MODESTY *erwidert trotzig ihren Blick. Im Hintergrund sehen wir* CREDENCE *am Boden kauern, er umklammert seine Knie und zittert.*

MARY LOU *bemüht sich, beherrscht zu bleiben, und geht langsam zu dem Gürtel, um ihn wieder aufzuheben. Bevor sie ihn ergreifen kann, schlängelt er sich auf dem Boden davon.*

MARY LOU *weicht zurück, Tränen der Angst treten ihr in die Augen. Langsam wendet sie sich wieder den Kindern zu.*

Da fällt wie aus dem Nichts eine gewaltige Macht explosionsartig über sie her: eine tierische, kreischende, dunkle Masse, die sie verschlingt. Sie stößt einen markerschütternden Schrei aus, als sie von der Kraft zurückgestoßen wird, gegen einen Holzpfeiler prallt und über den Balkon in die Tiefe stürzt.

MARY LOU *schlägt auf dem Boden der Hauptkirche auf, ihr Körper ist reglos und ihr Gesicht zeigt die gleichen Wunden wie das Gesicht von* SENATOR SHAW.

Die Dunkle Macht fliegt durch die Kirche, wirft den Tisch um und zerstört alles, was in Sicht ist.

89. SZENE
AUSS. KAUFHAUS – NACHT

TOTALE von einem Kaufhaus, mit zahlreichen schick gekleideten Schaufensterpuppen in den Auslagen.

JACOB *nähert sich den Schaufenstern und starrt auf eine Handtasche, die scheinbar von allein den Arm einer Puppe hinunterrutscht.* NEWT, TINA *und* QUEENIE *eilen hinter ihm herbei und beobachten, wie die Tasche mitten in der Luft verharrt und dann ins Innere des Ladens davonschwebt.*

<u>90. SZENE</u>
INN. KAUFHAUS – NACHT

Ein gut sortiertes Kaufhaus, weihnachtlich geschmückt, mit Gängen voll teurem Schmuck, Schuhen, Hüten und Parfüms. Das Haus ist für die Nacht geschlossen, sämtliche Lichter sind ausgeschaltet, kein Geräusch ist zu hören.

Wir sehen die Handtasche durch den Hauptgang schweben, begleitet von leisen Grunzlauten.

NEWT *und die Gruppe schleichen hastig durch das Kaufhaus und suchen hinter ein paar Weihnachtsfiguren Deckung. Sie beobachten die schwebende Handtasche.*

NEWT
(flüstert)
Der Demiguise ist prinzipiell sehr friedfertig, aber wenn er provoziert wird, kann er ziemlich böse zubeißen.

Der Demiguise wird nun sichtbar – ein Orang-Utan-artiges Tierwesen mit silbernem Fell und einem neugierigen, runzeligen Gesicht. Er klettert über einen Verkaufsständer, um eine Schachtel mit Konfekt zu erreichen.

NEWT
(zu JACOB *und* QUEENIE*)*
Sie beide … gehen da lang.

Sie schleichen los.

NEWT
Und versuchen Sie, sich unberechenbar zu verhalten.

JACOB *und* QUEENIE *schauen sich verwundert an, bevor sie weggehen.*

Aus der Ferne dringt ein gedämpftes Brüllen zu ihnen.

SCHNITT auf den Demiguise, der bei dem Geräusch zur Decke schaut und dann weiter Süßigkeiten in seine Handtasche schaufelt.

TINA *(O.S.)*
War das der Demiguise?

NEWT
Nein. Aber ich denke, das könnte der Grund sein, warum der Demiguise hier ist.

SCHNITT auf NEWT *und* TINA *– sie bewegen sich rasch durch einen Gang auf den Demiguise zu, der nun durch den Laden davonhuscht.*

Als der Demiguise merkt, dass er entdeckt wurde, dreht er sich um und sieht NEWT *fragend an. Dann läuft er eine Treppe hinauf.* NEWT *folgt ihm lächelnd.*

91. SZENE
INN. KAUFHAUS, LAGERRAUM IM DACHGESCHOSS – NACHT

Ein riesiger, dunkler Speicher, vom Boden bis zur Decke voller Regale, in denen Porzellankisten stehen: Tafelservice, Teetassen und anderes Küchengeschirr.

Der Demiguise geht in einem Streifen Mondlicht über den Dachboden. Er sieht sich um, dann bleibt er stehen und leert das Konfekt aus der Handtasche.

NEWT *(O.S.)*
Sein Sehvermögen funktioniert nach dem Prinzip der Wahrscheinlichkeit. Das heißt, er kann die am ehesten wahrscheinliche Zukunft vorhersehen.

NEWT *kommt ins Bild und schleicht sich hinter dem Demiguise an.*

TINA *(O.S.)*
Was macht er da?

NEWT
Er passt auf ein Junges auf.

Der Demiguise hält eine der Pralinen in die Höhe und scheint sie irgendwem anzubieten.

TINA

Wie war das gerade …?

NEWT

(ruhig und flüsternd)

Das ist meine Schuld. Ich dachte, ich hätte sie alle … Aber anscheinend hab ich mich wohl verzählt.

JACOB *und* QUEENIE *kommen leise herein.* NEWT *geht ruhig vorwärts und kniet sich neben den Demiguise, der ihm vor den Süßigkeiten Platz macht.* NEWT *stellt vorsichtig seinen Koffer ab.*

SCHNITT auf TINA *– das Mondlicht verschiebt sich und offenbart die Schuppen eines großen Tierwesens, das sich zwischen den Dachsparren des Speichers versteckt.* TINA *schaut entsetzt auf.*

TINA

Er passt auf das da auf?

SCHNITT auf die Decke, wo der Kopf eines Occamys erscheint – dieses riesige Exemplar sieht genauso aus wie die kleinen, blauen schlangenartigen Vögel im Koffer. Es hat sich mehrmals in sich zusammengerollt und füllt fast den gesamten Dachboden.

Langsam kommt der Occamy auf NEWT *und den Demiguise zu, der ihm wieder eine Süßigkeit anbietet.* NEWT *sitzt ganz still da.*

NEWT
Occamys sind choranaptyktisch. Ihre Größe richtet sich nach dem vorhandenen Platz.

Der Occamy entdeckt NEWT *und beugt den Kopf zu ihm hinab.* NEWT *streckt sanft die Hand aus.*

NEWT
Mama ist hier.

SCHNITT auf den Demiguise, dessen Augen strahlend blau aufblitzen – ein Zeichen dafür, dass er eine Vorahnung hat.

ZWISCHENSCHNITTE:

Eine Christbaumkugel kullert über den Boden; der Occamy gerät in Panik, NEWT *klammert sich an seinen Rücken und wird durch den Raum geschleudert; der Demiguise sitzt plötzlich auf* JACOBS *Rücken.*

SCHNITT zurück auf den Demiguise, dessen Augen wieder braun werden.

QUEENIE *tritt langsam vor, den Blick auf den Occamy gerichtet. Dabei stößt sie versehentlich gegen eine kleine Glaskugel am Boden, die leise klirrend davonrollt. Bei dem Geräusch bäumt sich der Occamy kreischend auf.* NEWT *versucht, das riesige Tier zu beruhigen.*

NEWT

Ruhig, ruhig …

JACOB *und* QUEENIE *weichen zurück und suchen Deckung. Der Demiguise rennt davon und springt in* JACOBS *Arme.*

Der Occamy stößt herab, tobt durch den Dachboden und wirft Regale um. NEWT, *der wieder auf seinem Rücken gelandet ist, ruft laut.*

NEWT

Wir brauchen ein Insekt! Irgendein Insekt und eine Teekanne! Sucht eine Teekanne!

TINA *robbt auf dem Bauch durch das Chaos, weicht herabfallenden Gegenständen aus und sucht, worum* NEWT *gebeten hat.*

Die Flügel des Occamys donnern auf den Boden und verfehlen JACOB *nur knapp, der durch den Raum stolpert, beeinträchtigt durch den Demiguise, der sich nun an seinen Rücken klammert.*

NEWT *hat zusehends Mühe, sich an dem Occamy festzuhalten, der immer verzweifelter mit den Flügeln um sich schlägt und nun das Dach des Gebäudes zerstört.*

JACOB *dreht sich um, er und der Demiguise haben eine einsame Kakerlake auf einer Kiste entdeckt.* JACOB *will schon danach greifen, da donnert ein Körperteil des Occamys herab und zerstört die Kiste und damit die gute Gelegenheit.*

SCHNITT auf TINA, *die entschlossen über den Boden krabbelt und einer Kakerlake hinterherjagt.*

SCHNITT auf die kreischende QUEENIE, *die von dem Occamy zu Boden geschleudert wird.* JACOB *rennt hinter ihr her, stürzt vor, schlittert flach über den Boden und erwischt endlich eine Kakerlake.* TINA *steht auf, eine Teekanne in der Hand, und schreit.*

TINA

Teekanne!

Bei dem Lärm wirft der Occamy erneut den Kopf zurück, sein Schwanz windet sich, erfasst JACOB *und presst ihn – mitsamt dem Demiguise – gegen einen der Dachbalken.*

JACOB *und* TINA *befinden sich nun an beiden Enden des Raums, keiner wagt sich zu regen, zwischen ihnen ein Berg aus schuppigen Occamy-Schwanzschlingen.*

SCHNITT auf JACOB *und den Demiguise – der Demiguise schaut verschlagen zur Seite und wird im nächsten Moment unsichtbar.* JACOB *dreht sich langsam um und folgt seinem Blick – das Gesicht des Occamys ist nur Zentimeter von seinem eigenen entfernt und starrt eindringlich auf die Kakerlake in seiner Hand.* JACOB *wagt kaum zu atmen.*

NEWT *schaut hinter dem Occamy-Kopf hervor und flüstert.*

NEWT

Rein damit ... Schabe in Teekanne!

JACOB *schluckt und versucht, dem riesigen Tierwesen neben sich nicht in die Augen zu sehen.*

JACOB
(versucht, den Occamy zu beruhigen)
Schhh …

JACOB *schaut* TINA *mit großen Augen an, um sie vorzuwarnen.*

IN ZEITLUPE:

JACOB *wirft die Kakerlake. Wir sehen sie durch die Luft segeln, während der Körper des Occamys sich erneut in Bewegung setzt, sich auseinanderrollt und durch den Raum gleitet.*

NEWT *springt vom Rücken des Occamys herunter und landet sicher am Boden.* QUEENIE *sucht Deckung, indem sie sich ein Sieb auf den Kopf setzt.*

TINA *rennt mit der Teekanne in der ausgestreckten Hand vorwärts und springt dabei über die Occamy-Schlingen hinweg – ein heldenhafter Anblick. In der Mitte des Raums landet sie auf den Knien und fängt die fliegende Kakerlake punktgenau mit der Teekanne.*

Der Occamy bäumt sich auf und schrumpft dabei rasend schnell zusammen, ehe er sich mit dem Kopf voran in die Teekanne stürzt. TINA *zieht den Kopf ein und wappnet sich für den Aufprall, doch der Occamy rast auf die Öffnung zu und gleitet mit einem Rutsch hinein.*

NEWT *stürzt vor und knallt einen Deckel auf die Teekanne. Er und* TINA *atmen schwer – vor Erleichterung.*

NEWT

Choranaptyktisch. Sie schrumpfen auch, wenn sich nicht genug Platz bietet.

SCHNITT auf das Innere der Teekanne – der winzige Occamy schlingt die Kakerlake hinunter.

TINA

Sagen Sie mir die Wahrheit. War das alles, was aus Ihrem Koffer entkommen ist?

NEWT

Das war alles. Und das ist die Wahrheit.

92. SZENE
INN. NEWTS KOFFER – KURZ DARAUF – NACHT

JACOB *hält den Demiguise an der Hand und führt ihn durch sein Gehege.*

NEWT *(O.S.)*

Hier kommt sie schon.

JACOB *hebt den Demiguise hoch und setzt ihn in sein Nest.*

JACOB
(zu dem Demiguise)
Zu Hause ist es am schönsten, ja? Bist bestimmt erschöpft, mein Bester. Komm her ... so ist's gut ... sehr schön.

TINA *hält zögernd das Occamy-Baby im Arm. Unter Aufsicht von* NEWT *legt sie es behutsam in sein Nest.*

FESTE EINSTELLUNG auf TINA, *die sich zu dem Erumpent-Weibchen umdreht, das durch sein Gehege stampft.* TINAS *Gesicht zeigt Staunen und Bewunderung. Bei diesem Anblick lacht* JACOB *leise.*

PICKETT *zwickt* NEWT *im Inneren seiner Tasche.*

NEWT
Au!

NEWT *nimmt* PICKETT *heraus und trägt ihn auf der erhobenen Hand, während er durch verschiedene Gehege geht.*

Wir sehen den Niffler in einer kleinen Höhle sitzen, inmitten seiner Schätze.

NEWT
Ja ... wir müssen reden. Ich hätte dich ihm nicht überlassen, Pickett. Ich würde mir lieber die Hand abhacken, als dich wegzugeben, nach allem, was

du für mich getan hast. Jetzt is' aber gut.

NEWT *ist bei* FRANKS *Gehege angekommen.*

NEWT

Wir haben doch darüber gesprochen, dass du nicht schmollen sollst. Pickett? Na komm, schenk mir ein Lächeln. Pickett, schenk mir …

PICKETT *streckt* NEWT *seine winzige Zunge heraus.*

NEWT

Na schön – das ist unter deiner Würde.

NEWT *setzt* PICKETT *auf seine Schulter und fängt an, die verschiedenen Futtereimer herzurichten.*

SCHNITT auf eine Fotografie in NEWTS *Hütte, die ein wunderschönes Mädchen zeigt – es lächelt aufreizend.* QUEENIE *betrachtet das Bild.*

QUEENIE

Hey, Newt. Wer ist sie?

NEWT

Ach, niemand.

QUEENIE
(liest seine Gedanken)
Leta Lestrange? Von der Familie
hab ich schon gehört. Sind die nicht
eher … Sie wissen schon.

NEWT
Bitte lesen Sie nicht meine
Gedanken.

Kurze Pause, während QUEENIE *die ganze Geschichte aus* NEWTS *Kopf aufnimmt. Sie wirkt fasziniert und traurig zugleich.* NEWT *arbeitet weiter und versucht dabei zu ignorieren, dass* QUEENIE *seine Gedanken liest.*

QUEENIE *tritt näher zu* NEWT.

NEWT
(verärgert, verlegen)
Ich sagte doch, tun Sie es nicht.

QUEENIE
Ich weiß, es tut mir leid. Ich kann's
nicht lassen. Wenn Menschen leiden,
geht es besonders leicht.

NEWT
Ich leide aber nicht. Außerdem ist es
ewig her.

QUEENIE

Sie waren zu Schulzeiten eng mit ihr befreundet.

NEWT

(bemüht, gleichgültig zu klingen)

Wir hatten beide Schwierigkeiten, uns dort einzufügen. Wir haben uns daher –

QUEENIE

Sie haben sich sehr nahegestanden. Viele Jahre lang.

Im Hintergrund sehen wir TINA, *die bemerkt, dass* NEWT *und* QUEENIE *sich unterhalten.*

QUEENIE

(besorgt)

Sie hat nur genommen. Sie brauchen jemand, der gibt.

TINA *kommt zu ihnen.*

TINA

Worüber redet ihr beide?

NEWT

Äh, über gar nichts.

QUEENIE
Die Schulzeit.

NEWT
Die Schulzeit.

JACOB
(zieht seine Jacke an)
Haben Sie gerade »Schulzeit« gesagt? Es gibt eine Schule? Eine Zaubererschule, hier in Amerika?

QUEENIE
Natürlich – Ilvermorny! Das ist ja nur die beste Zaubererschule auf der ganzen Welt.

NEWT
Ich denke, die beste Zaubererschule auf der Welt ist wohl eher Hogwarts.

QUEENIE
Hog-Quatsch.

Ein lautes Donnern. Der Donnervogel FRANK *erhebt sich kreischend in die Lüfte und schlägt kräftig mit den Flügeln. Sein Körper wird schwarz und golden, seine Augen senden Blitze aus.*

NEWT *steht da und mustert den Vogel besorgt.*

NEWT
Gefahr. Er wittert Gefahr.

93. SZENE
AUSS. KIRCHE DER ZWEITEN SALEMER – NACHT

GRAVES *appariert in den Schatten. Mit gezogenem Zauberstab nähert er sich langsam der Kirche und betrachtet die Zerstörung. Er wirkt nicht nervös, eher fasziniert, beinahe aufgeregt.*

94. SZENE
INN. KIRCHE DER ZWEITEN SALEMER – NACHT

Das Gebäude ist durch den Angriff völlig zerstört – Mondlicht dringt durch die Löcher im Dach, und CHASTITY *liegt tot inmitten der Trümmer.*

Langsam betritt GRAVES *die Kirche, den Zauberstab immer noch erhoben. Ein gespenstisches Schluchzen ist von irgendwo aus dem Gebäude zu hören.*

MARY LOUS *Leichnam liegt vor ihm am Boden – die Wundmale in ihrem Gesicht sind im Mondlicht deutlich zu sehen.* GRAVES *betrachtet die Leiche: Allmählich dämmert ihm eine Erkenntnis. Sein Gesicht zeigt kein Entsetzen, nur Wachsamkeit und großes Interesse.*

Die Kamera richtet sich auf CREDENCE*, der im hinteren Teil der Kirche kauert und wimmernd den Anhänger der Heiligtümer des Todes umklammert.* GRAVES *geht rasch zu ihm, bückt sich und umarmt ihn. Doch seine Stimme klingt wenig liebevoll.*

GRAVES
Das Obscurial … war hier? Wohin ist sie gegangen?

CREDENCE *schaut zu* GRAVES' *Gesicht auf. Er ist völlig traumatisiert und unfähig, etwas zu erklären – sein Gesicht ein Flehen nach Zuneigung.*

CREDENCE
Helfen Sie mir. Helfen Sie mir.

GRAVES
Sagtest du nicht mal, du hast *noch* eine Schwester?

CREDENCE *beginnt wieder zu weinen.* GRAVES *legt ihm die Hand in den Nacken, sein Gesicht ist verzerrt, so sehr muss er sich anstrengen, ruhig zu bleiben.*

CREDENCE
Bitte, helfen Sie mir.

GRAVES

Wo ist deine andere Schwester, Credence? Deine kleine Schwester, wohin ist sie gegangen?

CREDENCE *zittert und murmelt.*

CREDENCE

Bitte, helfen Sie mir.

Plötzlich schlägt GRAVES CREDENCE *hart ins Gesicht.*

CREDENCE *starrt* GRAVES *bestürzt an.*

GRAVES

Deine Schwester schwebt in großer Gefahr. Wir müssen sie finden.

CREDENCE *ist entsetzt, er kann nicht begreifen, dass sein Held ihn geschlagen hat.* GRAVES *packt ihn, zieht ihn hoch. Sie disapparieren.*

95. SZENE
AUSS. MIETSHAUS IN DER BRONX – NACHT

Eine verlassene Straße. GRAVES *wird von* CREDENCE *zu einem Mietshaus geführt.*

96. SZENE
INN. MIETSHAUS IN DER BRONX, FLUR – NACHT

Im Inneren ist das Gebäude schäbig und verfallen. CREDENCE *und* GRAVES *gehen die Treppe hinauf.*

GRAVES *(O.S.)*
Was ist das für ein Ort?

CREDENCE
Ma hat Modesty hier aus einer zwölfköpfigen Familie adoptiert. Sie vermisst ihre Brüder und Schwestern. Sie redet immer noch von ihnen.

GRAVES *sieht sich mit gezücktem Zauberstab auf dem Treppenabsatz um – mehrere dunkle Flure zweigen in verschiedene Richtungen ab.*

CREDENCE, *immer noch völlig verstört, ist auf der Treppe stehen geblieben.*

GRAVES
Wo ist sie?

CREDENCE *schaut nach unten – hilflos.*

CREDENCE
Ich weiß es nicht.

GRAVES *wird immer ungeduldiger – er ist seinem Ziel so nah. Er marschiert in eines der Zimmer hinein.*

GRAVES
(verächtlich)
Du bist ein Squib, Credence. Das habe ich vom ersten Augenblick an gerochen.

Tiefe Enttäuschung spiegelt sich auf CREDENCE' *Gesicht.*

CREDENCE
Was?

GRAVES *marschiert weiter den Flur entlang zu einem anderen Zimmer. Er hat es längst aufgegeben, so zu tun, als würde ihm etwas an* CREDENCE *liegen.*

GRAVES
Du hast magische Vorfahren, aber keine Zauberkräfte.

CREDENCE
Aber Sie wollten doch mein Lehrer sein –

GRAVES
Niemand kann es dich lehren. Deine Mutter ist tot. Das ist Lohn genug.

GRAVES *deutet auf einen weiteren Flur.*

GRAVES
Ich bin fertig mit dir.

CREDENCE *rührt sich nicht. Er schaut* GRAVES *hinterher, sein Atem wird flach und schnell, als versuchte er, etwas zurückzuhalten.*

GRAVES *geht durch die dunklen Räume. Er bemerkt eine winzige Bewegung irgendwo in der Nähe.*

GRAVES
Modesty?

GRAVES *geht vorsichtig zu einem verlassenen Schulzimmer am Ende eines Flurs.*

97. SZENE
INN. MIETSHAUS IN DER BRONX, VERLASSENES ZIMMER – NACHT

SCHNITT auf MODESTY, *die zitternd in einer Ecke kauert, die Augen weit aufgerissen vor Angst, als* GRAVES *auf sie zukommt.*

GRAVES
(flüsternd)
Modesty.

GRAVES *bückt sich und steckt den Zauberstab weg – wieder einmal spielt er den tröstenden Vater.*

GRAVES
(sanft)
Es gibt keinen Grund, sich zu fürchten. Ich bin mit deinem Bruder hier, Credence.

MODESTY *wimmert vor Angst, als sie* CREDENCE' *Namen hört.*

GRAVES
Komm heraus zu mir …

GRAVES *streckt die Hand aus.*

Ein leises Klingeln.

SCHNITT auf die Zimmerdecke, wo nun Risse auftauchen, die an ein Spinnennetz erinnern. Staub fällt herunter, als die Wände wild zu beben anfangen und das Zimmer um sie herum allmählich zusammenbricht.

GRAVES *steht auf. Er schaut auf* MODESTY *hinab, doch sie ist vor Angst wie erstarrt und ganz offensichtlich nicht die Quelle dieser Magie.* GRAVES *dreht sich um und zieht langsam seinen Zauberstab. Die Wand vor ihm bricht ein, als wäre sie aus Sand, und enthüllt eine weitere Wand dahinter.* MODESTY *ist für ihn nun nicht mehr von Interesse.*

Wie gebannt beobachtet GRAVES, *wie eine Wand nach der anderen vor ihm zerfällt, er wirkt freudig erregt, weiß aber auch, dass er einen gewaltigen Fehler gemacht hat …*

Die letzte Wand stürzt ein. Nun steht er CREDENCE *gegenüber, der ihn anstarrt und seine Wut nicht mehr beherrschen kann, das Gefühl von Verrat, die Verbitterung.*

GRAVES
Credence … Ich muss mich bei dir
entschuldigen …

CREDENCE
Ich habe Ihnen vertraut. Ich dachte,
Sie wären mein Freund. Ich dachte,
Sie wären anders.

CREDENCE' *Gesicht verzieht sich zu einer Grimasse, die Wut zerreißt ihn fast.*

GRAVES
Du kannst es kontrollieren, Credence.

CREDENCE
(flüstert und sieht ihm dabei endlich in die Augen)
Ich glaube, das will ich gar nicht,
Mr Graves.

Der Obscurus bewegt sich furchterregend unter CREDENCE' *Haut. Ein entsetzliches, unmenschliches Knurren dringt aus seinem Mund, aus dem etwas Dunkles heraussprießt.*

Schließlich wird CREDENCE *von dieser Macht überwältigt, sein Körper explodiert zu einer dunklen Masse, die aus dem Fenster schießt, knapp an* GRAVES *vorbei.*

GRAVES *steht da und schaut dabei zu, wie der Obscurus in die Stadt hinausrast.*

98. SZENE
AUSS. MIETSHAUS IN DER BRONX – NACHT

Wir folgen dem Obscurus, wie er durch die Stadt tobt und wirbelt und eine Spur der Verwüstung hinter sich herzieht: Autos fliegen durch die Luft, Gehwege explodieren und Gebäude werden niedergerissen – der Obscurus hinterlässt nichts als Zerstörung.

<u>99. SZENE</u>
AUSS. DACH DES SQUIRE'S – NACHT

NEWT, TINA, JACOB *und* QUEENIE *stehen auf einem Dach unter einem riesigen SQUIRE'S-Schild. Von der Dachkante aus haben sie freie Sicht auf das Chaos unter ihnen.*

JACOB
(überfordert)
Herrgott … Ist es das? Ist das dieses Obscuria-Ding?

Sirenen heulen. NEWT *starrt hinunter und erfasst das Ausmaß der Zerstörung.*

NEWT
Von so einem mächtigen Obscurus hab ich noch nie gehört …

Eine besonders laute Explosion ertönt in der Ferne. Unter ihnen beginnt die Stadt zu brennen. NEWT *drückt* TINA *seinen Koffer in die Hand und zieht ein Notizbuch aus seiner Tasche.*

NEWT
Falls ich nicht zurückkomme, sorgen Sie für meine Geschöpfe. Alles, was Sie dafür wissen müssen, steht hier drin.

Er reicht ihr das Notizbuch und kann ihr dabei fast nicht in die Augen schauen.

TINA

Was?

NEWT

(sieht wieder auf den Obscurus)

Die dürfen es nicht töten.

Ihre Blicke begegnen sich – stumm sagen sie sich alles, worüber sie zuvor geschwiegen haben – dann springt NEWT *vom Dach und disappariert.*

TINA

(verzweifelt)

NEWT!

TINA *drückt* QUEENIE *energisch den Koffer in die Arme.*

TINA

Du hast ihn gehört – pass auf sie auf!

TINA *disappariert ebenfalls.* QUEENIE *schiebt den Koffer* JACOB *zu.*

QUEENIE

Geben Sie darauf acht, Darling!

Sie will auch disapparieren, aber JACOB *klammert sich an sie und* QUEENIE *zögert.*

JACOB
Nein, nein, nein!

QUEENIE
Ich kann Sie nicht mitnehmen. Bitte, lassen Sie mich los, Jacob!

JACOB
Hey, hey! Sie haben doch gesagt, ich wär einer von Ihnen … So war's doch?

QUEENIE
Es ist zu gefährlich.

Eine weitere gewaltige Explosion in der Ferne. JACOBS *Griff um* QUEENIES *Arm wird fester. Sie liest seine Gedanken und ihr Gesicht zeigt auf einmal Staunen und Zärtlichkeit, als sie sieht, was er im Krieg durchgemacht hat.* QUEENIE *ist ergriffen und entsetzt. Sie hebt ganz langsam die Hand und berührt seine Wange.*

100. SZENE
AUSS. TIMES SQUARE – NACHT

Es herrscht völliges Chaos. Gebäude brennen, Menschen schreien und rennen in alle Richtungen davon, Autos liegen zerstört auf der Straße.

GRAVES *streift über den Platz, ohne die Not um ihn herum zu beachten, er ist nur auf eine Sache konzentriert.*

Der Obscurus wirbelt am Ende des Platzes umher, seine Energie ist jetzt noch bedrohlicher – er ist zutiefst aufgewühlt durch Schmerz und Pein, die Folgen von Isolation und Quälerei – rote Lichtsprenkel tosen in ihm. CREDENCE' *verzerrtes, schmerzerfülltes Gesicht ist undeutlich inmitten der schwarzen Masse zu erkennen.* GRAVES *steht triumphierend davor.*

NEWT *appariert in ihrer Nähe und beobachtet die beiden.*

GRAVES
(schreit, um von CREDENCE *durch den höllischen Lärm gehört zu werden)*
Wie du damit in dir so lange überleben konntest, Credence, ist ein Wunder. Du bist ein Wunder. Komm mit mir – was könnten wir gemeinsam erreichen!

Der Obscurus rückt näher an GRAVES *heran. Wir hören einen Schrei aus dem Innern der Masse, als seine dunkle Macht erneut hervorbricht und* GRAVES *zu Boden stößt. Die Wucht jagt eine Druckwelle über den Platz –* NEWT *springt hinter einem umgekippten Auto in Deckung.*

TINA *appariert auf dem Platz und duckt sich hinter einem anderen brennenden Auto ganz in* NEWTS *Nähe. Sie schauen sich an.*

TINA
Newt!

NEWT
Der Junge von den Zweiten Salemern, er ist das Obscurial.

TINA
Er ist kein Kind mehr.

NEWT
Seine Macht ist so stark, dass … dass er es irgendwie geschafft hat, zu überleben.

Als der Obscurus erneut aufschreit, fasst TINA *einen Entschluss.*

TINA
Newt, retten Sie ihn!

TINA *rennt los und stürmt auf* GRAVES *zu.* NEWT *begreift sofort und disappariert.*

101. SZENE
AUSS. TIMES SQUARE – NACHT

GRAVES *tritt immer näher an den Obscurus heran, der weiter schreit und heult. Er zieht seinen Zauberstab heraus, er ist bereit …*

Hinter GRAVES *ist nun* TINA *zu sehen, die auf ihn zurennt. Sie zielt auf ihn, doch er dreht sich gerade noch rechtzeitig um – seine Reaktion ist unfassbar schnell.*

Der Obscurus verschwindet. GRAVES *geht äußerst verärgert auf* TINA *zu und wehrt ihre Zauber mühelos ab.*

GRAVES
Tina, Sie haben das Talent,
immer zum falschen Zeitpunkt
aufzutauchen.

GRAVES *lässt ein verlassenes Auto durch die Luft wirbeln, was* TINA *dazu bringt, in letzter Sekunde beiseitezuspringen.*

Als TINA *sich wieder vom Boden aufgerafft hat, ist* GRAVES *disappariert.*

102. SZENE
INN. ABTEILUNG FÜR SONDERERMITTLUNGEN, MACUSA – NACHT

Eine metallene Karte von New York leuchtet auf und zeigt Gebiete mit starker magischer Aktivität. MADAM PICQUERY *und ihre obersten Auroren betrachten sie fassungslos.*

MADAM PICQUERY
Halten Sie das auf, oder jeder wird von uns erfahren und es gibt Krieg.

Die Auroren disapparieren sofort.

103. SZENE
AUSS. DÄCHER ÜBER NEW YORK – NACHT

NEWT *appariert in rasender Geschwindigkeit über die Dächer der Stadt hinweg und verfolgt den Obscurus.*

NEWT
Credence! Credence! Ich kann dir helfen.

Der Obscurus stürzt sich auf NEWT, *der gerade noch rechtzeitig disappariert, um dann weiter über die Dächer hinter ihm herzujagen.*

Während er rennt, explodieren Zauber um ihn herum und zerstören die Dächer. Ein Dutzend Auroren sind aufgetaucht, sie greifen den Obscurus von oben an und setzen dabei NEWT *fast außer Gefecht, der in Deckung springt und verzweifelt versucht mitzuhalten.*

Der Obscurus schwenkt zur Seite, um den Zaubern auszuweichen, und lässt schwarze, schneeflockenartige Fetzen zurück, die über die Dächer schweben. Schreiend zieht er sich zurück und biegt in einen anderen Häuserblock ab.

In einer besonders heftigen Demonstration seiner Macht erhebt sich der Obscurus hoch in die Luft, während von allen Seiten Zauber in Form von blauen und weißen Blitzen auf ihn zuschießen. Am Ende stürzt er zum Boden hinab und fegt eine breite, leere Straße entlang – ein schwarzer Tsunami, der alles auf seinem Weg zerstört.

104. SZENE
AUSS. VOR EINER U-BAHN-STATION – NACHT

Eine Reihe von Polizisten zielt mit ihren Waffen auf die schreckenerregende übernatürliche Macht, die auf sie zurast.

Ihre Gesichter wechseln von Verwirrung und Unruhe zu völliger Panik, als sie die schwarze Masse in ihre Richtung heranschießen sehen. Sie feuern ihre Waffen ab – ein sinnloses Unterfangen angesichts dieser unaufhaltsamen kinetischen Welle. Am Ende rennen sie davon und fliehen die Straße hinunter. Im gleichen Moment hat der Obscurus sie erreicht.

<u>105. SZENE</u>
AUSS. DÄCHER / STRASSEN VON NEW YORK – NACHT

SCHNITT auf NEWT, *der oben auf einem Wolkenkratzer steht und beobachtet, wie sich der Obscurus über die umliegenden Gebäude erhebt und dann spektakulär zu Boden fährt, direkt am Eingang der U-Bahn-Station City Hall.*

Plötzliche Stille. Ein pulsierendes, schweres, kreischendes Atmen geht von dem Obscurus aus, der sich vor dem Eingang ausruht.

Wir sehen zusammen mit NEWT, *wie die schwarze Masse zu nichts zusammenschrumpft und* CREDENCE' *schmale Gestalt die Treppe zur U-Bahn hinunterhuscht.*

<u>106. SZENE</u>
INN. U-BAHN – NACHT

NEWT *appariert in der U-Bahn City Hall, einem langen Tunnel mit Art-déco-Fliesen. Der Obscurus hat hier deutliche Spuren hinterlassen: Der Lüster knarzt, einige Fliesen sind abgefallen. Wir hören sein tiefes Atmen, er ist in die Ecke getrieben wie ein verängstigter Panther.*

NEWT *schleicht den Bahnsteig entlang und versucht, den Ursprung des Geräusches zu finden, als der Obscurus von der Decke herabgleitet.*

107. SZENE
AUSS. U-BAHN-EINGANG – NACHT

Auroren umringen den Eingang zur U-Bahn. Sie deuten mit ihren Zauberstäben auf den Gehsteig und den Himmel und errichten ein unsichtbares Energiefeld um den Eingang.

Noch mehr Auroren treffen ein, unter ihnen GRAVES *– er überfliegt die Szene, plant und übernimmt sofort das Kommando.*

GRAVES
Das Gebiet abriegeln. Niemand sonst darf dort hinunter!

Kurz bevor das magische Kraftfeld fertiggestellt ist, rollt sich eine Gestalt darunter hinweg und huscht unbemerkt in die U-Bahn hinunter – TINA.

108. SZENE
INN. U-BAHN – NACHT

NEWT *ist bei dem Obscurus im Schatten eines Tunnels angekommen. Das Wesen hat sich beruhigt und kreist nun langsam über den Gleisen.* NEWT *versteckt sich hinter einer Säule und spricht es an.*

NEWT
Credence … Du heißt doch Credence, nicht wahr? Ich bin hier, um dir zu helfen, Credence. Ich bin nicht hier, um dir wehzutun.

In der Ferne hören wir Schritte, sie nähern sich beherrscht und bedächtig.

NEWT *kommt hinter der Säule hervor und tritt auf die Gleise. In der wirbelnden Masse des Obscurus können wir den Schatten von* CREDENCE *erkennen, der sich ängstlich krümmt.*

NEWT
Ich hab jemanden getroffen, der genauso war wie du, Credence. Ein

Mädchen, ein junges Mädchen.
Sie lebte in Gefangenschaft. Sie
war weggesperrt worden und man
hatte sie dafür bestraft, dass sie
Zauberkräfte hatte.

CREDENCE *hört zu – nie hätte er gedacht, dass es noch jemanden gibt wie ihn. Langsam verschwindet der Obscurus, und es bleibt nur* CREDENCE *zurück, der auf den Gleisen hockt – ein verängstigtes Kind.*

NEWT *kauert am Boden.* CREDENCE *sieht ihn an, ein winziger Hoffnungsschimmer zeigt sich auf seinem Gesicht: Könnte es einen Weg zurück geben?*

NEWT
Credence, darf ich zu dir rüber-
kommen? Darf ich zu dir kommen?

NEWT *tritt langsam vor, doch da schießt plötzlich ein Lichtblitz aus der Dunkelheit, ein Zauber trifft ihn und wirft ihn zurück.*

GRAVES *marschiert zielstrebig durch den Tunnel auf sie zu.*

CREDENCE *rennt davon, während* GRAVES *weitere Zauber auf* NEWT *abfeuert, der sich zur Seite rollt und hinter den Tunnelpfeilern Schutz sucht. Von hier aus versucht* NEWT *zurückzuschießen, aber seine Zauber werden von* GRAVES *mühelos abgewehrt.*

CREDENCE *geht weiter die Gleise entlang, bleibt aber stehen – wie ein Kaninchen im Scheinwerferlicht –, als ein Zug näher kommt und seine Lichter in der Dunkelheit grell aufleuchten.*

Und dann ist es GRAVES, *der* CREDENCE *rettet, indem er ihn mit einem Zauber von den Schienen wirft.*

<u>109. SZENE</u>
AUSS. U-BAHN-EINGANG – NACHT

MADAM PICQUERY *verschafft sich im magischen Kräftefeld einen Überblick über die Lage.*

POV von der Menge und der Polizei:

Die Leute drängen sich um die U-Bahn, ihre Rufe und ihr Gerede werden lauter, während sie auf die magische Blase über der U-Bahn starren. Reporter sind aufgetaucht und fotografieren alles fieberhaft.

SHAW SEN. *und* BARKER *drängen sich durch die Menge.*

SHAW SEN.
Dieses Ding hat meinen Sohn getötet – ich will Gerechtigkeit!

NAHAUFNAHME von MADAM PICQUERY, *die über die Menge schaut.*

SHAW SEN. *(O.S.)*
Ich zeige der ganzen Welt, wer sie sind und was sie getan haben.

110. SZENE
INN. U-BAHN – NACHT

GRAVES *steht auf dem Bahnsteig und kämpft weiter mit* NEWT, *der auf den Schienen steht.* CREDENCE *duckt sich hinter* NEWT.

GRAVES *ist fast gelangweilt von* NEWTS *Bemühungen und feuert schließlich einen Zauber auf ihn ab, der die Gleise entlang- und in den Tunnel zischt, bis er schließlich* NEWT *trifft und ihn hoch in die Luft schleudert.*

NEWT *landet rücklings am Boden und* GRAVES *stürzt sich sofort auf ihn, um mit peitschenden Handbewegungen immer wilder Zauber um Zauber auf ihn loszulassen.* GRAVES' *unglaubliche Kraft wird deutlich, als* NEWT *sich am Boden windet und ihn nicht aufhalten kann.*

<u>111. SZENE</u>
AUSS. U-BAHN-EINGANG – NACHT

TOTALE: Wir sehen die leuchtende Wand aus vibrierender Energie, die nun aufblitzt wegen der Zauberkräfte, die in ihrem Innern wirken.

Der betrunkene LANGDON *ist wie gebannt und fasziniert von dem Anblick.*

SHAW SEN.
(zu den Fotografen um sich herum)
Los, fotografieren Sie das!

<u>112. SZENE</u>
INN. U-BAHN – NACHT

GRAVES *bombardiert* NEWT *weiter mit Zaubern, mit einem manischen, irren Blick in den Augen.*

NAHAUFNAHME von dem schluchzenden CREDENCE *tiefer im Tunnel. Er beginnt zu zittern, sein Gesicht wird langsam schwarz, während er zu verhindern versucht, dass die kinetische Masse in ihm aufsteigt.*

Als NEWT *vor Schmerz aufschreit, ergibt sich* CREDENCE *der Schwärze – sein Körper wird davon umhüllt und überwältigt – der Obscurus steigt auf und schießt durch den Tunnel auf* GRAVES *zu.*

GRAVES *ist fasziniert – er sinkt unter der riesigen schwarzen Masse auf die Knie und fleht voller Staunen.*

GRAVES

Credence …

Der Obscurus stößt einen unirdischen Schrei aus und stürzt auf GRAVES *hinab, der gerade noch rechtzeitig disappariert. Der Obscurus wütet im Tunnel.*

GRAVES *und* NEWT *disapparieren und apparieren blitzschnell überall in der U-Bahn, um dem Obscurus zu entgehen. Dadurch wird der Bahnhof noch schneller zerstört. Auf einmal wird die Energie noch stärker und verwandelt sich in eine gigantische Welle, die den gesamten Raum flutet und schließlich durch die Decke davonrast.*

113. SZENE
AUSS. U-BAHN-EINGANG – NACHT

Der Obscurus bricht unter den Blicken von Zauberern und No-Majs durch das Straßenpflaster und stürmt einen halbfertigen Wolkenkratzer hoch. In jedem Geschoss bersten die Fenster, elektrische Leitungen explodieren, bis er das dürre Gerippe des Baugerüsts ganz oben erreicht, das sich gefährlich unter ihm biegt.

Unten rennt die Menge vor der magischen Absperrung in Panik und Schutz suchend davon.

Der Obscurus dehnt sich breit und flach aus, dann rast er zurück in die U-Bahn hinab.

114. SZENE
INN. U-BAHN – NACHT

Schreiend stürzt sich der Obscurus in die Tiefe und durchbricht die U-Bahn-Decke – für einen Sekundenbruchteil scheinen NEWT *und* GRAVES, *die beide auf den Schienen liegen und sich vor seinem Ansturm ducken, dem Tode geweiht.*

TINA *(O.S.)*
CREDENCE, NEIN!

TINA *rennt auf die Gleise.*

Zentimeter vor GRAVES' *Gesicht erstarrt der Obscurus. Dann steigt er langsam, ganz langsam wieder in die Höhe, wird etwas ruhiger und starrt* TINA *an, die ihm direkt in seine merkwürdigen Augen schaut.*

TINA
Tu das nicht – bitte.

NEWT
Reden Sie weiter, Tina. Reden Sie weiter mit ihm, er hört Ihnen zu. Er hört zu.

Im Innern des Obscurus streckt CREDENCE *die Hand nach* TINA *aus, sie ist die Einzige, die je ohne Eigennutz freundlich zu ihm war. Verzweifelt und angstvoll sieht er sie an. Er hat von ihr geträumt, seit sie ihn vor Prügeln bewahrt hat.*

TINA
Ich weiß, was diese Frau dir angetan hat. Ich weiß, dass du gelitten hast … Aber du musst hiermit jetzt aufhören. Newt und ich werden dich beschützen …

GRAVES *ist wieder auf den Beinen.*

TINA
(deutet auf GRAVES*)*
Dieser Mann … er benutzt dich nur.

GRAVES
Hör nicht auf sie, Credence. Ich will,
dass du frei bist. Es ist alles gut.

TINA
(zu CREDENCE, *beruhigend)*
Ja, Credence …

Der Obscurus beginnt zu schrumpfen. Sein furchtbares Antlitz wird immer menschlicher, immer mehr zu CREDENCE' *Gesicht.*

Auf einmal strömen Auroren die Treppe zur U-Bahn herunter und in den Tunnel. Hinter TINA *nähern sich noch mehr, die Zauberstäbe zum Angriff erhoben.*

TINA
Schhh! Nicht! Sie machen ihm Angst.

Der Obscurus stößt ein schreckliches Stöhnen aus und beginnt wieder größer zu werden. Die Station stürzt allmählich ein. NEWT *und* TINA *drehen sich mit ausgestreckten Armen und versuchen,* CREDENCE *zu schützen.*

GRAVES *fährt zu den Auroren herum, den Zauberstab bereit.*

GRAVES
Zauberstäbe runter! Wagt es nicht, ihm etwas zu tun!
(wendet sich wieder an CREDENCE*)*
Credence!

TINA
Credence? Schh …

Die Auroren beginnen, den Obscurus mit Zaubern zu bombardieren.

GRAVES
NEIN!

Wir sehen CREDENCE *im Innern der schwarzen Masse, sein Gesicht ist verzerrt, er schreit. Unablässig prasseln die Zauber auf ihn ein und* CREDENCE *heult vor Schmerz.*

115. SZENE
AUSS. U-BAHN-EINGANG – NACHT

Das magische Kraftfeld um die U-Bahn herum bricht zusammen, während die Menschen immer noch fliehen. Nur SHAW SEN. *und* LANGDON *harren aus.*

116. SZENE
INN. U-BAHN – NACHT

Die Auroren schleudern weiter Zauber auf den Obscurus, unerbittlich und brutal.

Unter diesem Ansturm scheint der Obscurus schließlich zu implodieren – eine weiße Kugel magischen Lichts nimmt von der schwarzen Masse Besitz.

Die Wucht der Verwandlung lässt TINA, NEWT *und die Auroren rückwärtsstolpern.*

Alle Macht erlischt. Nur kleine Fetzen schwarzer Materie bleiben übrig – sie schweben wie Federn durch die Luft.

NEWT *rappelt sich auf, von tiefer Trauer erfüllt.* TINA *kauert weinend am Boden.*

GRAVES *jedoch klettert zurück auf den Bahnsteig, so nah wie möglich zu den Überresten der schwarzen Masse.*

Die Auroren gehen auf GRAVES *zu.*

GRAVES
Ihr Narren. Ist Ihnen klar, was Sie getan haben?

GRAVES *schäumt vor Wut, während die anderen ihn aufmerksam beobachten.* MADAM PICQUERY *tritt hinter den Auroren hervor, ihre Stimme klingt streng und forschend.*

MADAM PICQUERY
Das Obscurial wurde auf meinen Befehl hin getötet, Mr Graves.

GRAVES
Ja. Und das wird wahrlich in die Geschichte eingehen, Frau Präsidentin.

GRAVES *geht den Bahnsteig entlang auf sie zu, seine Stimme klingt drohend.*

GRAVES
Was hier und heute geschehen ist, war falsch!

MADAM PICQUERY
Er war verantwortlich für den Tod eines No-Majs. Er hätte uns alle um ein Haar enthüllt und somit gegen ein Gesetz verstoßen, das uns heilig ist.

GRAVES
(lacht grimmig)
Ein Gesetz, dank dem wir alle wie Ratten in der Gosse leben! Das verlangt, dass wir unsere wahre Natur

verbergen. Ein Gesetz, das alle, die
darunter leben, dazu zwingt, sich
zu verstecken, aus Angst davor,
entdeckt zu werden. Ich frage Sie,
Frau Präsidentin –

(seine Augen fliegen zu allen Anwesenden)

– ich frage Sie alle ... Wen schützt
dieses Gesetz wirklich? Uns?

(deutet vage auf die No-Majs über ihnen)

Oder sie?

(lächelt bitter)

Ich werde mich dem nicht länger
unterwerfen.

GRAVES *entfernt sich von den Auroren.*

MADAM PICQUERY

(zu den Auroren neben sich)

Auroren, erleichtern Sie Mr Graves
um seinen Zauberstab und geleiten
Sie ihn zurück zu –

Während GRAVES *den Bahnsteig entlangmarschiert, erscheint plötzlich eine Wand aus weißem Licht vor ihm und versperrt ihm den Weg.*

GRAVES *überlegt kurz – ein verächtliches, wütendes Grinsen huscht über sein Gesicht. Er macht kehrt.*

GRAVES *kommt selbstbewusst auf dem Bahnsteig zurück und feuert Zauber auf die beiden Gruppen von Auroren vor ihm ab. Aus allen Richtungen prasseln Zauber auf ihn ein, doch* GRAVES *pariert sie alle. Mehrere Auroren fliegen durch die Luft –* GRAVES *scheint zu gewinnen …*

In Sekundenschnelle zieht NEWT *den Kokon aus seiner Tasche und schleudert ihn auf* GRAVES. *Der böse Sturzfalter fliegt im Kreis um ihn herum, er schützt* NEWT *und die Auroren vor* GRAVES' *Attacken und verschafft* NEWT *genug Zeit, seinen Zauberstab zu zücken.*

In dem Gefühl, diese Macht bisher zurückgehalten zu haben, lässt NEWT *seinen Zauberstab durch die Luft sausen: Ein übernatürliches Licht schießt daraus hervor, dann schlingt sich eine Art schleimige Ranke wie eine Peitsche um* GRAVES. GRAVES *versucht, das Seil abzuwehren, als es sich zusammenzieht, stolpert jedoch und sinkt auf die Knie. Er lässt seinen Zauberstab fallen.*

TINA

Accio!

GRAVES' *Zauberstab fliegt in* TINAS *Hand.* GRAVES *schaut sich um, blanker Hass in seinen Augen.*

NEWT *und* TINA *gehen langsam auf ihn zu,* NEWT *hebt den Zauberstab.*

NEWT

Revelio.

GRAVES *verwandelt sich. Auf einmal ist er nicht mehr dunkelhaarig, sondern blond und blauäugig. Er sieht aus wie der Mann auf den Plakaten. Ein Raunen geht durch die Menge: GRINDELWALD.*

MADAM PICQUERY *tritt zu ihm.*

GRINDELWALD
(geringschätzig)
Denken Sie, Sie können mich aufhalten?

MADAM PICQUERY
Wir geben unser Bestes, Mr Grindelwald.

GRINDELWALD *starrt* MADAM PICQUERY *eindringlich an, auf seinem verächtlichen Gesicht erscheint ein höhnisches Lächeln. Er wird von zwei Auroren auf die Füße gezerrt und zum Ausgang gebracht.*

Als GRINDELWALD *an* NEWT *vorbeikommt, bleibt er stehen – beide lächeln sich spöttisch an.*

GRINDELWALD
Sterben wir nicht alle ein wenig?

Er wird weggeführt und aus der U-Bahn gebracht. NEWT *schaut ihm ratlos nach.*

TIME CUT:

QUEENIE *und* JACOB *drängen sich durch die Auroren nach vorn.* JACOB *trägt* NEWTS *Koffer bei sich.*

QUEENIE *umarmt* TINA. NEWT *sieht* JACOB *an.*

JACOB
Hey … Ich dachte mir, irgendwer
muss ja ein Auge drauf haben.

Er reicht NEWT *seinen Koffer.*

NEWT
(ergeben, zutiefst dankbar)
Ich danke Ihnen.

MADAM PICQUERY *spricht zu der Gruppe, während sie durch die zerstörte Decke der U-Bahn-Station zur Welt draußen hinaufschaut.*

MADAM PICQUERY
Wir müssen uns bei Ihnen
entschuldigen, Mr Scamander.
Doch die magische Gemeinschaft
ist nun enthüllt. Wir können nicht
eine ganze Stadt obliviieren.

Kurze Pause, während diese Worte wirken.

NEWT *folgt* MADAM PICQUERYS *Blick und sieht einen Fetzen der schwarzen Materie, einen winzigen Teil des Obscurus, durch das Loch in der Decke klettern. Unbemerkt von allen anderen schwebt er davon und versucht, sich wieder mit seinem Wirt zu vereinigen.*

Pause. NEWTS *Aufmerksamkeit kehrt zu dem aktuellen Problem zurück.*

NEWT
Ehrlich gesagt denke ich, das können wir.

TIME CUT:

NEWT *hat seinen geöffneten Koffer unter das riesige Loch in der Decke der U-Bahn-Station gestellt.*

NAHAUFNAHME von NEWTS *geöffnetem Koffer.*

Plötzlich schießt FRANK *von Winden umtost und in einer Wolke aus Federn daraus hervor – die Auroren weichen zurück. Das Tierwesen, das mit kräftigen Flügelschlägen über ihnen schwebt, ist wunderschön, faszinierend und furchterregend zugleich.*

NEWT *tritt vor – er betrachtet* FRANK *mit tiefer Zuneigung und mit Stolz.*

NEWT
Ich hatte damit warten wollen, bis wir in Arizona sind. Aber es scheint, als wärst du unsere einzige Hoffnung, Frank.

Ein Blick zwischen ihm und dem Vogel – ein stilles Einverständnis. NEWT *streckt den Arm aus und* FRANK *drückt seinen Schnabel liebevoll dagegen – sie liebkosen sich zärtlich.*

Die versammelte Zaubererschar schaut voller Ehrfurcht zu.

NEWT
Du wirst mir auch fehlen.

NEWT *tritt zurück und holt die Flasche mit dem Bösen-Sturzfalter-Gift aus seiner Tasche.*

NEWT
(*zu* FRANK)
Du weißt, was du zu tun hast.

NEWT *schleudert das Fläschchen hoch in die Luft –* FRANK *stößt einen durchdringenden Schrei aus, fängt es mit dem Schnabel und fliegt damit aus der U-Bahn hinaus.*

117. SZENE
AUSS. NEW YORK – HIMMEL – MORGENGRAUEN

No-Majs und Auroren kreischen und weichen zurück, als FRANK *aus der U-Bahn hervorschießt und sich zu dem morgenhellen Himmel emporschwingt.*

Wir folgen FRANK, *der immer höher aufsteigt. Seine Flügel schlagen härter und schneller, während sich Sturmwolken zusammenbrauen. Blitze zucken. Wir fliegen weiter mit* FRANK *in die Höhe, er saust kreuz und quer durch die Luft, und wir lassen New York weit unter uns zurück.*

NAHAUFNAHME von FRANKS *Schnabel, der das Fläschchen so fest hält, dass es schließlich zerbricht. Das starke Gift breitet sich aus, verzaubert den Regen, lässt ihn noch dichter werden. An dem dunkler werdenden Himmel blitzt es strahlend blau auf, dann prasseln die Tropfen auf die Erde hinab.*

118. SZENE
AUSS. U-BAHN-EINGANG – MORGENGRAUEN

Die Kamera fährt von hoch oben auf die Menge hinunter, die zum Himmel aufschaut. Als es zu regnen beginnt und die Tropfen auf die Menschen fallen, gehen alle folgsam ihrer Wege – ihre schlechten Erinnerungen sind fortgespült. Jeder geht seinen alltäglichen Pflichten nach, als wäre nichts Ungewöhnliches vorgefallen.

Auroren ziehen durch die Straßen und führen Reparaturzauber durch, um die Stadt wieder aufzubauen: Gebäude und Autos werden wiederhergestellt, die Straßen in Ordnung gebracht.

SCHNITT auf LANGDON, *der im Regen steht, sein Gesichtsausdruck wird weicher und dann ganz leer, als ihm das Wasser über das Gesicht läuft.*

SCHNITT *auf die Polizisten, die verwirrt auf ihre Pistolen starren – warum haben sie sie gezogen? Langsam sammeln sie sich und stecken die Waffen weg.*

Im Innern eines kleinen Einfamilienhauses betrachtet eine junge Mutter liebevoll ihre Familie. Als sie einen Schluck Wasser trinkt, wird ihr Gesicht ganz leer.

Gruppen von Auroren reparieren weiter die Straßen, setzen rasch die zerbrochenen Straßenbahnschienen zusammen, bis schließlich sämtliche Spuren der Zerstörung verschwunden sind. Ein Auror, der an einem Zeitungsstand vorbeigeht, verzaubert die Zeitungen, indem er NEWTS *und* TINAS *Verbrecherfotos entfernt und sie durch nichtssagende Überschriften über das Wetter ersetzt.*

MR BINGLEY, *der Bankdirektor, steht in seinem Badezimmer und duscht. Als das Wasser über ihn rinnt, wird auch er obliviiert. Wir sehen* BINGLEYS FRAU, *die sich die Zähne putzt, ihr Gesicht ist entrückt und sorglos.*

FRANK *saust weiter durch die Straßen von New York und wirbelt im Fliegen mehr und mehr Regen auf, seine Flügel schimmern in einem strahlenden Gold. Am Ende gleitet er in den Himmel des anbrechenden New Yorker Morgens empor, ein prachtvoller Anblick.*

119. SZENE
INN. BAHNSTEIG IN DER U-BAHN – MORGENGRAUEN

Unter MADAM PICQUERYS *Blicken wird die Decke der U-Bahn rasch repariert.*

NEWT *wendet sich an die Gruppe.*

NEWT
Sie werden sich an nichts erinnern.
Das Gift hat äußerst wirksame
obliviierende Eigenschaften.

MADAM PICQUERY
(beeindruckt)
Wir stehen tief in Ihrer Schuld,
Mr Scamander. Und jetzt – schaffen
Sie diesen Koffer aus New York.

NEWT
Ja, Frau Präsidentin.

MADAM PICQUERY *geht davon, gefolgt von ihren Auroren. Doch dann dreht sie sich noch einmal um.* QUEENIE, *die ihre Gedanken gelesen hat, stellt sich schützend vor* JACOB *und versucht, ihn zu verstecken.*

MADAM PICQUERY
Ist dieser No-Maj noch hier?

(bei JACOBS *Anblick)*
Obliviieren Sie ihn. Wir dürfen keine
Ausnahme machen.

MADAM PICQUERY *sieht den Kummer in den Gesichtern der vier.*

MADAM PICQUERY
Es tut mir leid, aber selbst *ein*
Augenzeuge … Sie kennen das
Gesetz.

Eine Pause. Die Verzweiflung der vier ist ihr sichtlich unangenehm.

MADAM PICQUERY
Ich lasse Sie noch Abschied nehmen.

Sie geht.

120. SZENE
AUSS. U-BAHN – MORGENGRAUEN

JACOB *führt die anderen die U-Bahn-Treppe hoch,* QUEENIE *geht dicht hinter ihm.*

Es regnet immer noch stark, die Straßen sind fast leer, bis auf ein paar hart arbeitende Auroren.

JACOB *hat den Treppenabsatz erreicht, bleibt stehen und blickt in den Regen.* QUEENIE *packt ihn am Mantel, sie will nicht, dass er auf die Straße hinausgeht.* JACOB *dreht sich zu ihr.*

JACOB
Hey. Es ist sicher besser so.
(mit abgewandtem Blick)
Ja, ich hätte … ich hätte doch eigentlich nicht mal hier sein sollen.

JACOB *versucht, seine Tränen zurückzuhalten.* QUEENIE *schaut ihn an, ihr wunderschönes Gesicht ist voller Verzweiflung. Auch* TINA *und* NEWT *sind unendlich traurig.*

JACOB
Ich hätte doch eigentlich gar nichts von alldem wissen sollen. Jeder weiß, dass ich nur bei Newt bleiben durfte, weil … Hey, Newt, wieso durfte ich bei dir bleiben?

NEWT *muss es offen sagen. Das fällt ihm nicht leicht.*

NEWT
Weil ich dich gerne mag. Weil du mein Freund bist. Und ich werde nie vergessen, wie du mir geholfen hast.

Kurze Pause. JACOB *ist zutiefst gerührt von* NEWTS *Antwort.*

JACOB

Oh.

QUEENIE *geht die Treppe hoch zu* JACOB *– sie stehen dicht beisammen.*

QUEENIE

(versucht, ihn aufzuheitern)

Ich komme mit dir. Wir gehen zusammen weg. Ganz egal wohin. Denn weißt du, ich werde nie wieder jemanden finden wie dich.

JACOB

(tapfer)

Es gibt Tausende wie mich.

QUEENIE

Nein … nein … es gibt nur einen wie dich.

Der Schmerz ist fast unerträglich.

JACOB

(eine Pause)

Ich sollte jetzt gehen.

JACOB *dreht sich zum Regen und wischt sich über die Augen.*

NEWT
(will ihm hinterher)
JACOB!

JACOB
(versucht zu lächeln)
Ist schon gut … ist schon gut … ist schon gut. Ist ja nur wie Aufwachen, richtig?

Die drei lächeln aufmunternd zurück, um ihm die Situation zu erleichtern.

Mit einem letzten Blick auf ihre Gesichter geht JACOB *rückwärts in den Regen hinaus. Er wendet das Gesicht zum Himmel, streckt die Arme aus und lässt das Wasser ganz über sich laufen.*

QUEENIE *zaubert mit ihrem Zauberstab einen magischen Regenschirm herbei und geht zu* JACOB. *Sie tritt dicht zu ihm und streichelt zärtlich sein Gesicht, dann schließt sie die Augen und gibt ihm einen sanften Kuss.*

Am Ende weicht sie langsam zurück, ohne den Blick auch nur eine Sekunde von JACOB *abzuwenden. Dann ist sie plötzlich verschwunden und lässt* JACOB *mit ausgestreckten Armen zurück, die nur noch leere Luft umarmen.*

NAHAUFNAHME von JACOBS *Gesicht, als er vollständig »aufwacht«, mit leerem Blick und verwirrt über den Ort, an dem er sich befindet, und den sintflutartigen Regen. Schließlich geht er als einsame Gestalt durch die Straßen davon.*

121. SZENE
AUSS. JACOBS KONSERVENFABRIK –
EINE WOCHE SPÄTER – FRÜHER ABEND

Ein erschöpfter JACOB, *inmitten einer Schar von Fließbandarbeitern, alle im Arbeitsoverall wie er. Er geht nach einer anstrengenden Tagesschicht nach Hause und trägt einen schäbigen Lederkoffer bei sich.*

Ein Mann kommt auf ihn zu – NEWT. *Sie stoßen zusammen und* JACOBS *Koffer fällt zu Boden.*

NEWT
Oh, tut mir sehr leid, Verzeihung!

NEWT *geht rasch und zielstrebig weiter.*

JACOB
(ohne ihn zu erkennen)
Hey!

JACOB *bückt sich, um den Koffer aufzuheben, und mustert ihn verwundert. Sein alter Koffer ist auf einmal sehr schwer. Eine der Schnallen klappt von allein auf.* JACOB *lächelt leicht und bückt sich, um den Deckel zu öffnen.*

Der Koffer ist voll mit silbernen Occamy-Eierschalen, ein Zettel liegt dabei. Während JACOB *den Zettel liest, hören wir:*

NEWT *(V.O.)*
»Lieber Mr Kowalski, Sie gehören nicht in eine Konservenfabrik. Bitte, nehmen Sie diese Occamy-Eierschalen als Sicherheit für Ihre Bäckerei. Ein wohlwollender Freund.«

122. SZENE

AUSS. HAFEN VON NEW YORK – AM NÄCHSTEN TAG

NAHAUFNAHME von NEWTS *Füßen, die durch eine Menschenmenge gehen.*

NEWT *ist kurz davor, New York zu verlassen, er trägt seinen Mantel, hat den Hufflepuff-Schal um den Hals geschlungen, der Koffer ist mit einer Kordel fest zugebunden.*

TINA *geht neben ihm. Vor der Landungsbrücke bleiben sie stehen.* TINA *wirkt unsicher.*

NEWT
(lächelnd)
Nun, es war, äh …

TINA
Ja, nicht wahr?

Pause. NEWT *schaut auf,* TINA *sieht ihn erwartungsvoll an.*

TINA
Hören Sie, Newt, ich möchte Ihnen gerne danken.

NEWT
Ach was, wofür denn? Ich …

TINA
Sie wissen schon. Hätten Sie nicht in den höchsten Tönen von mir vor Madam Picquery gesprochen, wäre ich nicht zurück in der Ermittlungsgruppe.

NEWT
Ich wüsste niemanden, den ich lieber gegen mich ermitteln lassen würde.

Das war nicht wirklich das, was er sagen wollte, aber nun ist es zu spät … NEWT *schaut etwas verlegen,* TINA *freut sich schüchtern.*

TINA

Versuchen Sie, eine Weile keine Ermittlungen zu verursachen.

NEWT

Versprochen. Ich verordne mir jetzt ein ruhiges Leben. Zurück ins Ministerium, das Manuskript abgeben …

TINA

Ich werd danach Ausschau halten. »Phantastische Tierwesen und wo sie zu finden sind«.

Schwaches Lächeln bei beiden. Pause. TINA *nimmt ihren Mut zusammen.*

TINA

Liest Leta Lestrange gerne Bücher?

NEWT

Wer?

TINA

Die Frau auf dem Foto, das Sie bei sich tragen.

NEWT

Ich kann gar nicht sagen, was Leta heutzutage gerne tut. Denn Menschen ändern sich.

TINA

Ja.

NEWT

(ihm dämmert etwas)

Ich hab mich geändert. Würde ich sagen. Zumindest ein wenig.

TINA *freut sich, das zu hören, weiß aber nicht, wie sie es ausdrücken soll. Stattdessen versucht sie, ihre Tränen zurückzuhalten. Die Schiffssirene ertönt – die meisten Passagiere sind nun an Bord.*

NEWT

Ich schicke Ihnen ein Exemplar meines Buches, wenn Sie gestatten.

TINA

Das fänd ich schön.

Etwas verlegen sieht NEWT TINA *voller Zuneigung an. Vorsichtig streckt er die Hand aus und berührt ihr Haar. Seine Hand verharrt einen Moment lang darauf, sie schauen sich in die Augen.*

Ein letzter Blick, dann geht NEWT *abrupt davon und lässt* TINA *zurück. Sie hebt die Hand und berührt die Stelle, wo* NEWT *ihr Haar gestreichelt hat.*

Doch dann ist er auf einmal zurück.

NEWT
Verzeihen Sie vielmals. Wie würde es Ihnen gefallen, wenn ich es Ihnen persönlich brächte?

Ein strahlendes Lächeln breitet sich auf TINAS *Gesicht aus.*

TINA
Das fänd ich schön. Sehr sogar.

NEWT *kann nicht anders, er muss ebenfalls grinsen, bevor er sich wieder umdreht und davongeht.*

Er bleibt auf der Landungsbrücke stehen, scheinbar unsicher, was er tun soll, dann geht er schließlich weiter, ohne sich umzudrehen.

TINA *bleibt allein am leeren Kai zurück. Als sie davongeht, sieht man ein vergnügtes Hüpfen in ihren Schritten.*

123. SZENE

AUSS. JACOBS BÄCKEREI, LOWER EAST SIDE – DREI MONATE SPÄTER – TAG

TOTALE von einer belebten New Yorker Straße – viele Geschäfte reihen sich die Straße entlang, die von Menschen, Pferden und Kutschen stark befahren ist.

SCHNITT auf eine kleine einladende Bäckerei. Zahlreiche Kunden drängen sich vor dem hübschen kleinen Geschäft, über dem der Name »KOWALSKI« prangt. Leute spähen interessiert in das Schaufenster und gutgelaunte Kunden kommen mit Backwaren beladen heraus.

124. SZENE
INN. JACOBS BÄCKEREI, LOWER EAST SIDE – TAG

NAHAUFNAHME von der Türglocke, die klingelt und einen neuen Kunden ankündigt.

NAHAUFNAHME von den Gebäckstücken und Broten auf der Theke, die alle zu phantasievollen kleinen Gestalten geformt sind – darunter ein Demiguise, ein Niffler und ein Erumpent.

JACOB *hinter der Theke strahlt, sein Laden ist gestopft voll mit Kunden.*

KUNDIN
(mustert die kleinen Gebäckstücke)
Wo nehmen Sie nur Ihre Ideen her, Mr Kowalski?

JACOB
Wenn ich das wüsste, wenn ich das wüsste … Die kommen einfach über mich!

Er reicht der Dame ihr Gebäck.

JACOB
Das ist für Sie – und das nicht vergessen! Genießen Sie's!

JACOB *dreht sich um, ruft einen seiner Bäckergehilfen herbei und gibt ihm einen Schlüssel.*

JACOB
Hey, Henry – geh ins Lager, ja? Danke, mein Lieber.

Wieder klingelt die Glocke.

JACOB *schaut auf und steht wie beim ersten Mal wie vom Donner gerührt da: Es ist* QUEENIE. *Sie schauen sich an –* QUEENIE *strahlt glückselig.* JACOB, *zweifelnd und völlig verzaubert, fasst sich an den Hals – ein winziger Erinnerungsschimmer regt sich in ihm. Er lächelt zurück.*

ENDE

DANKSAGUNG

Ohne die Geduld und die Erfahrung von Steve Kloves und David Yates wäre das Drehbuch für die »Phantastischen Tierwesen« niemals entstanden. Ich bin ihnen unendlich dankbar für jede Anmerkung, jede Aufmunterung, jeden Verbesserungsvorschlag. Zu lernen, »wie man die Frau an das Kleid anpasst« – um es mit Steves unvergesslichen Worten zu sagen –, war eine faszinierende, herausfordernde, anstrengende, aufregende, unglaublich nervenaufreibende und letztlich lohnende Erfahrung, die ich um nichts in der Welt missen möchte. Ohne die beiden hätte ich das nie geschafft.

David Heyman hat mich auf dem Weg von Harry Potter zur großen Leinwand von Anfang an begleitet, und ohne ihn hätte den »Phantastischen Tierwesen« mit Sicherheit Entscheidendes gefehlt. Es war eine lange Reise seit unserem ersten, etwas verlegenen Mittagessen in Soho, und nun bringt er auch bei Newt sämtliches Wissen, seine Hingabe und Erfahrung ein, die er schon zu Harry Potter beisteuerte.

Ohne Kevin Tsujihara würde es das Franchise zu den »Phantastischen Tierwesen« gar nicht geben. Obwohl ich die Idee dafür schon seit 2001 mit mir herumtrug, als ich das Buch für wohltätige Zwecke schrieb, brauchte es Kevin, dass ich es auch tatsächlich umsetzte, Newts Geschichte auf die große Leinwand zu bringen. Seine Unterstützung war von unschätzbarem Wert für mich, und er hat entscheidenden Anteil daran, dass die Idee verwirklicht wurde.

Zu guter Letzt hat mich meine Familie bei diesem Projekt sehr unterstützt, obwohl ich ein ganzes Jahr ohne Familienurlaub daran gearbeitet habe. Ich weiß nicht, wo ich ohne euch wäre – ich weiß nur, dass es ein sehr dunkler, einsamer Ort sein muss, an dem ich niemals etwas erfinden könnte. Deshalb gilt für Neil, Jessica, David und Kenzie: Vielen Dank dafür, dass ihr so wunderbar, lustig und liebevoll seid, und dafür, dass ihr immer noch daran glaubt, dass ich die »Phantastischen Tierwesen« weiterverfolgen sollte, auch wenn sie sich gelegentlich als äußerst verzwickt und zeitraubend erweisen.

GLOSSAR DER FILMBEGRIFFE

AUSS.: Außen; der Drehort befindet sich im Freien.

Back to Scene: Die Kamera fokussiert eine Figur oder eine Handlung in einer Szene und kehrt danach zu einer Totalen zurück.

Feste Einstellung: Die Kameraeinstellung bleibt bei einer Person oder einem Objekt.

INN.: Innen; der Drehort befindet sich im Innenraum.

Jump Cut: Harter Schnitt, der von einem wichtigen Moment zum nächsten springt. Dieser Übergang stellt normalerweise einen kurzen Zeitsprung an genau demselben Schauplatz dar.

Montage: Eine Reihe von aufeinanderfolgenden Einstellungen, die Raum, Zeit und Informationen verdichten, oftmals mit Musik unterlegt.

Nahaufnahme: Die Kamera filmt eine Person oder ein Objekt aus großer Nähe.

O. S. (Off-Screen)**:** Handlung, die nicht im Bild zu sehen ist, oder ein Dialog, der gesprochen wird, ohne dass die Sprecher im Bild erscheinen.

POV (Point-of-view-Shot, auch: Subjektive)**:** Die Kamera filmt aus der Sicht einer Figur.

Schwenk/Reißschwenk: Bewegung, bei der die Kamera auf einer festen Achse langsam von einem Gegenstand zum nächsten schwenkt; bei einem Reißschwenk wird die Kamera ruckartig herumgerissen.

Time cut: Schnitt auf einen späteren Zeitpunkt in der gleichen Szene.

Totale: Die Kamera zeigt das ganze Objekt oder die Figur in Beziehung zu seiner Umgebung. Wird oft verwendet, um den Ort der Filmhandlung zu zeigen.

Totale von oben: Die Kamera ist hoch oben platziert und zeigt den Filmgegenstand oder die Szene aus der Vogelperspektive.

V.O. (Voice-over)**:** Erzählerstimme von einer Figur, die nicht im Bild zu sehen ist.

Zwischenschnitt: Ein extrem kurzer Schnitt, der manchmal nur ein Einzelbild lang ist.

FILMSTAB UND DARSTELLER

Warner Bros. Pictures präsentiert
eine Produktion von Heyday Films
ein Film von David Yates

PHANTASTISCHE TIERWESEN UND WO SIE ZU FINDEN SIND

Regie .... David Yates
Drehbuch .... J.K. Rowling
Produzenten .... David Heyman p.g.a., J.K. Rowling p.g.a., Steve Kloves p.g.a., Lionel Wigram p.g.a.
Ausführende Produzenten .... Tim Lews, Neil Blair, Rick Senat
Kamera .... Philippe Rousselot, A.F.C./ASC
Szenenbild .... Stuart Craig
Schnitt .... Mark Day
Kostüme .... Colleen Atwood
Musik .... James Newton Howard

DARSTELLER

NEWT SCAMANDER .... Eddie Redmayne
TINA GOLDSTEIN .... Katherine Waterston
JACOB KOWALSKI .... Dan Fogler
QUEENIE GOLDSTEIN .... Alison Sudol
CREDENCE BAREBONE .... Ezra Miller
MARY LOU BAREBONE .... Samantha Morton
HENRY SHAW SEN. .... Jon Voight
SERAPHINA PICQUERY .... Carmen Ejogo

und

PERCIVAL GRAVES .... Colin Farrell

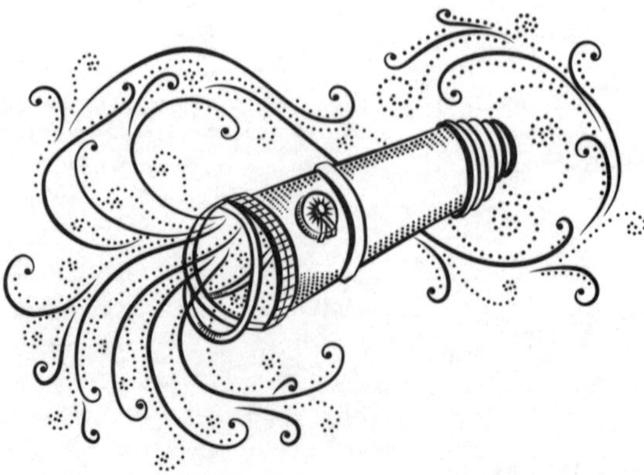

Über die Autorin

J.K. Rowlings Harry-Potter-Romane haben weltweit Rekorde gebrochen und sind vielfach ausgezeichnet worden. Sie wurden über 500 Millionen Mal verkauft, in 80 Sprachen übersetzt und haben auch im Kino Fans auf der ganzen Welt begeistert. Es gibt drei Begleitbände zur Serie, die J.K. Rowling für wohltätige Zwecke geschrieben hat: *Quidditch im Wandel der Zeiten* und *Phantastische Tierwesen und wo sie zu finden sind* zugunsten von Comic Relief und Lumos, *Die Märchen von Beedle dem Barden* zugunsten von Lumos. J.K. Rowling hat außerdem das Drehbuch zu *Phantastische Tierwesen und wo sie zu finden sind* verfasst, dem Auftakt einer fünfteiligen Filmreihe. Gemeinsam mit Drehbuchautor Jack Thorne und Regisseur John Tiffany entwickelte sie das Theaterstück *Harry Potter und das verwunschene Kind. Teil eins und zwei,* das seit 2016 im Londoner West End aufgeführt wird und 2018 am Broadway Premiere feierte. 2012 gründete sie Pottermore, ein Onlineportal, auf dem Fans Neuigkeiten, Artikel und Beiträge von J.K. Rowling finden können. Sie hat auch einen Roman für Erwachsene geschrieben, *Ein plötzlicher Todesfall,* und unter dem Pseudonym Robert Galbraith Kriminalgeschichten rund um den Privatdetektiv Cormoran Strike verfasst. Sie erhielt zahlreiche Auszeichnungen, unter anderem den Order of the British Empire, den Companion of Honour, den Légion d'honneur und den Hans Christian Andersen Preis.

ÜBER DIE BUCHGESTALTUNG

Dieses Buch wurde von MinaLima gestaltet, einem preisgekrönten Designstudio, das von Miraphora Mina und Eduardo Lima gegründet wurde. Beide haben als Grafikdesigner an »Phantastische Tierwesen und wo sie zu finden sind« und an den acht Harry-Potter-Filmen mitgewirkt.

Der Umschlag und die Illustrationen dieses Buches beruhen auf den Tierwesen in der Geschichte und sind vom Stil der 1920er-Jahre inspiriert. Sie wurden von Hand gezeichnet und dann digital mit Adobe Illustrator fertiggestellt.

Der Text ist in der Crimson gesetzt und die Kolumnentitel in der Sheridan Gothic SG.

DIE HARRY-POTTER-SERIE

Harry Potter und der Stein der Weisen
Harry Potter und die Kammer des Schreckens
Harry Potter und der Gefangene von Askaban
Harry Potter und der Feuerkelch
Harry Potter und der Orden des Phönix
Harry Potter und der Halbblutprinz
Harry Potter und die Heiligtümer des Todes

BEGLEITBÄNDE

Phantastische Tierwesen und wo sie zu finden sind
Quidditch im Wandel der Zeiten
Die Märchen von Beedle dem Barden